我最「搣時」的故事

游欣妮 著

我最「摵時」的故事
作者／游欣妮
策劃編輯／周淑屏
封面設計／劉碧雲
內頁設計／陳詩韻
出版發行／突破出版社
香港沙田亞公角山路 33 號突破青年村
電話：2632 0000　傳真：2632 0388
電郵：breakthrough@breakthrough.org.hk
網址：http://www.breakthrough.org.hk
http://www.btproduct.com
承印／海洋印務
2015 年 12 月初版 1 刷
2019 年 12 月初版 2 刷

The Stories I Missed
by Yau Yan Ni
First Printing, First Edition, December 2015
Second Printing, First Edition, December 2019

Printed in Hong Kong
ISBN 978-988-8246-88-5

本書文章曾在《星島日報》發表
誠邀閣下就突破出版社的書籍發表意見
歡迎加入突破書籍 Facebook page — http://www.facebook.com/btbooks.page
本書採用環保油墨印刷

成長文學

目錄

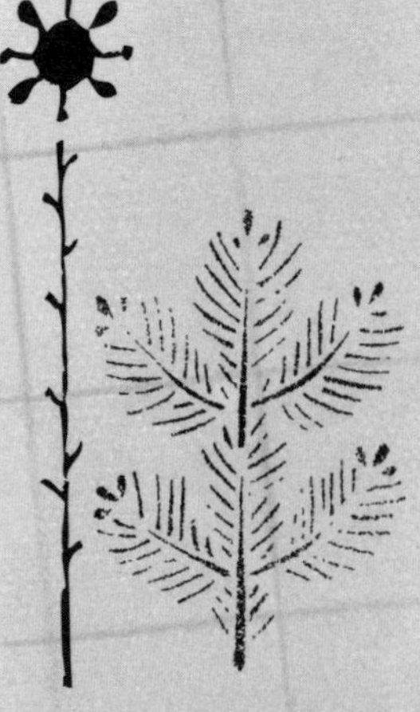

畢業禮

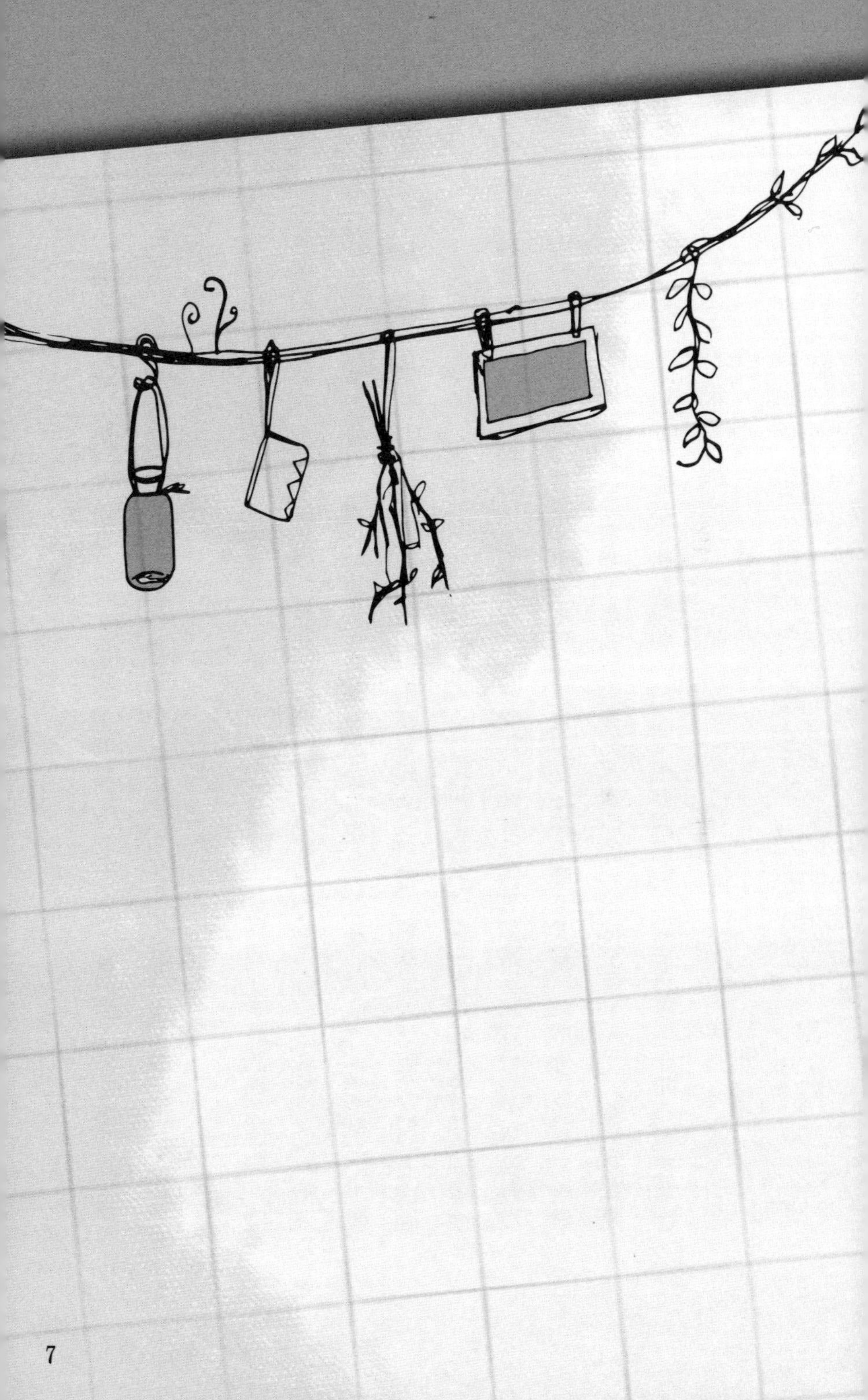

強忍住的淚水幾乎要流出來了，該死的老師還走過來安慰。當她從手提包裏掏出面紙的時候，我已經想開口拒絕了，然而我終於還是接過那張紙巾，並趕緊把它塞進褲袋裏。

老師拍拍我的肩膊，輕聲地說：「明白，我陪你吧！」的時候，她真的明白我嗎？向來頑固的父親在一旁只管說：「你好好檢討吧！」反復地說。我內心百般糾結，父親不來的話，情況可能會更好，至少我毋須反反復復的聽着左一句「檢討」右一句「檢討」，像跳線的上世紀唱片。兇悍的教官皺着眉瞪眼高聲喝令我反省，情狀面貌可怖如草原上的雄獅；同學嬉皮笑臉地嘲弄我：「檢討吓啦你！」尤其是可惡的女生，看着那般嘴臉只覺面目可憎。老師故作輕鬆地叫我思考思考……父親，你竟還鐵青着臉吩咐我檢討。誰說我沒檢討呢？難道要我把「檢討中」、「反省中」幾字刻在額上嗎？父親，多得你告訴我，若然你不來，此刻還願意站在我身邊，還願意舉機為我拍照的，恐怕沒有半人了。看來我真要衷心感謝你，不過你也想想，這種場面，拍照又有何意思呢？難道真要我十年八載後拿出來為自己上人生的一課嗎？

我曾厚着臉皮問可否缺席畢業典禮。「不！」教官決絕的回應教我心沉重如鐵直墜到底，好不容易鼓起的勇氣一下子洩光。被拒絕也就罷了，還招來一場長篇大論的當面教訓，說什麼團隊精神云云。教訓完還有沒完沒了的掌上壓，怎麼做都說我的姿勢不及格。「真正能成功的人，是要勇敢面對自己的失敗！」看着斗大的汗珠滴在水泥地上，我勉強支撐自己的身體，除了心裏嘀嘀咕咕我還能做什麼呢？我不敢面對自己的失敗嗎？不。我是不想和其他人「共享」我的失敗。團體精神說得真動聽，對，和同窗一起訓練、一起捱餓、一起流汗、一起打掃、一起受罰、一起咆哮……這幾天的磨練，做什麼都在一起，口口聲聲的「同進同退」，絕對是你們口中美好的團隊精神的體現啊！只是，現在你要我守在一旁見證隊友光榮畢業，看嘉賓和家長眉開眼笑地參加畢業典禮，熱烈地為我們，不，為我那些能畢業的隊友用力地、起勁地鼓掌，這種種真的能叫我體驗到團隊精神嗎？還是教我體會被冷落的羞愧、被無聲排擠的無地自容？你行行好心讓我躲在一角的話，我倒可當自己從來沒有出現過，而如今你卻要求我站在隊伍旁邊如多餘的絆腳石。來賓的目光、隊友的眼神，偶爾投來如火般灼熱，刷的一下燒紅了我的臉。那些遮掩了半邊的嘴，難道不是在談論我嗎?

典禮後那位陌生的家長還走來瞇起眼笑着讚揚我說:「小夥子,你站崗時英氣十足,挺直的腰板真夠威風呢!」想來她也許是真心的,「站崗」,這想法可真得體,無奈此刻我只感到被調侃的為難。

「我們全部人都畢業呢!只有兩個人無法畢業,因為教官說他們操練太不認真。」

「這幾天被人罰得最多的是XXX,他有時還連累我們被罰呢!」

一幫多事的傢伙,難道你們沒連累大家受罰嗎?為你們捱的幾十下又幾十下掌上壓你幹嗎不提不聞不問?

「XXX,我們來拍全體畢業照吧!」

「不不不，這不算畢業照呢！因為他無法畢業，不過我們也可拍大合照啊！」我永遠記得這副可惡的嘴臉，這種不可一世的驕傲神情。

「喂！大家高興，不要亂說話！」

哼！大．家．高．興。大家，包括我嗎？

理解我的或許只有和我一樣無法畢業的同班同學。回程的旅遊巴上只見他瑟縮一角，我故意逗他說話，跟他談談這種被輕視、被冷待的委屈，畢竟是同病相憐的人，難道還要我像其他人一樣興奮莫名、意猶未盡地分享這星期的點滴嗎？

「啤！人哋唔係睇你唔起，係睇你唔到呀！」我頓時被這滿有智慧的一句話堵住了嘴巴，也沒什麼好說了。他說得對，真不應該把自己看得太重要，別人根本沒把我們放在眼內。慶功都來不及了，哪裏還有精神去輕看我們這些無關痛癢的人？這番話說得真夠豁達，而我竟初次真正感到何謂孤獨。

深夜躲在被窩裏，想到日間老師遞面紙給我時溫聲細語的問：如果再有機會，還要不要來挑戰自己，爭取一紙畢業證書？虧我還點頭說得出願意，真是絕頂糊塗。呸，低級訓練營，明年我才不要再去浪費時間了。平白無事到那兒給操勞幾天，人人惺惺作態，在粗糙的水泥地上擦破皮，弄得自己傷痕纍纍渾身痠痛，誰稀罕這種兒戲的畢業證書呢？說什麼畢生受用，轉個頭還不是廢紙一張！難道日後面試時還會掏出縐縐的證書提及陳年舊事？

想着想着，終於按捺不住流下今天的第一滴眼淚，不曉得是為了自己，為了別人，還是為了畢業典禮。伸手想掏褲袋內那張紙巾，才記起褲子已在洗衣機裏，紙巾恐怕已碎個稀巴爛，衣物柔順劑的氣味讓紙手帕那淡淡的茉莉花香完全隱去了吧？索性把頭塞在枕頭裏放聲痛哭，慶幸沒有人看見這樣的自己。

茂仔

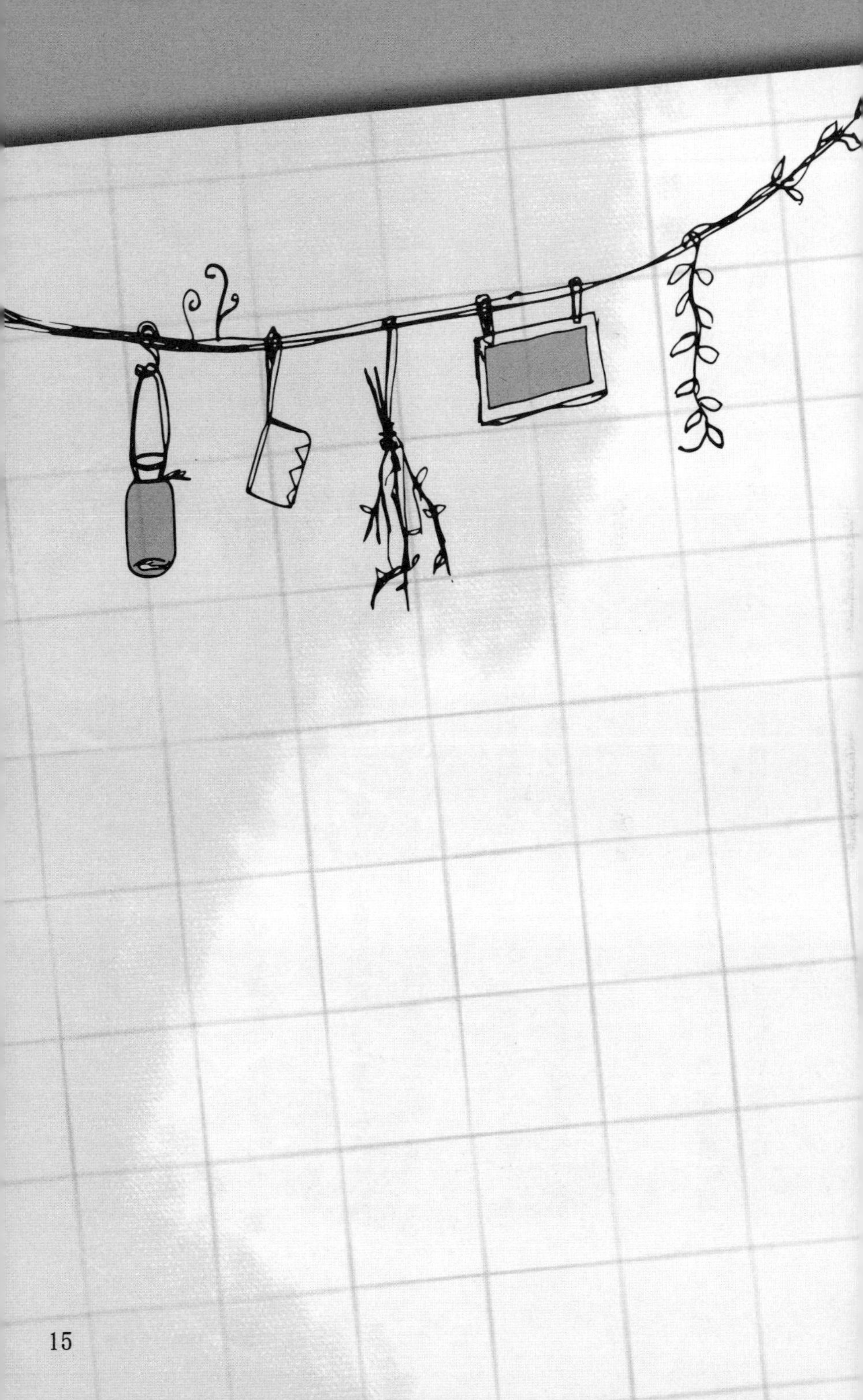

自從中三輟學後，茂仔已經沒有踏足過校園了，今天因為送外賣的緣故，他終於有機會再次走進學校。

中學校舍還是千年不變的格局，破破爛爛的百變球場，同時配備籃球架和龍門，在場中央拉個網又成了排球場。當年他泡得最多最久的就是這樣的球場。任何可以打球的時間，他必然在球場上爭取機會投籃。第一次讀中三那年，他還在班際籃球比賽中得到過籃板王的殊榮呢！雖然獎品是一大包派對裝旺旺仙貝，但那是他求學生涯裏唯一的個人獎。

區區兩磅的蛋糕，這家屋邨餅店是從不提供外送服務的。何解今天要他送外賣呢？星期日的校舍除了保安空無一人，送蛋糕來幹什麼呢？保安叫茂仔上一樓校務處看看有沒有人，因為沒人指示他代收，他絕對不接。

上到一樓，校務處的窗口都拉上鐵閘了，那傢伙叫我走上來幹什麼呢？四周仍舊空蕩蕩，只有禮堂傳出吵鬧歡騰的耍樂聲。茂仔貼近禮堂門上的小窗，看到裏面許多年青人全都穿着校服，靠近門邊的幾張長桌上，放着大堆食品，他猶豫着要不要拉開這扇門。

兩年前老師就是在這樣的大禮堂裏告訴茂仔他的大考成績還是未能達標，要再次重讀中三。當時父親用力拍了桌子瞪着他，罵了一句「廢柴」便決定要他退學，令班主任、教務主任都嚇了一跳。他半點驚訝都沒有，比起平日，父親這句「廢柴」，算是罵得相當剋制了。「不如試讀其他專科課程，讀一門手藝對光仔將來的發展也有幫助呢！他一向喜歡運動和烹飪，而且設計與科技科的成績也很優秀，何妨考慮一下廚藝學院或機械維修等課程？或者修讀一些修畢後能取得和中五畢業同等學歷的課程，以他的體格和紀律，投考紀律部隊也是合適的選擇呢！」

「不用考慮了！要是有出色就不會落得如此田地，沒能力就是沒能力，讀什麼都是浪費錢，跟我到麪包鋪整餅吧！」

翌日，父親便帶他到工作的地方，老闆爽快地說：「好好好，我們正缺人手，齊齊做阿茂學整餅吧！」從那天起，大家都叫他茂仔。他並不特別喜歡做麪包，不過也不特別抗拒，既然父親想他去，就去吧。反正拿着這樣的成績表，還可以到哪裏呢？有個落腳點，不用渾渾噩噩過日子，已經很幸運了。相比之下，其實他較想學做中菜，最愛它夠鑊氣！小時候父親帶他到大排檔，他最喜歡看師傅拋鑊，菜肉凌空翻騰再悉數落入生鐵鑊裏，灑點水立即煙霧瀰漫，簡直神乎其技，每次都看得他雙眼發光。端上桌的菜餚碟碟香噴噴，父親每次都讓他喝一小杯啤酒，還說：「這些菜用來下酒，實在一流！」每次他都和父親把餸菜吃清光。

「咦？你是送蛋糕來的嗎？不好意思啊！因為沒接到電話，不知已送來，對不起！請你稍等，我去拿錢。你先坐坐！」

「不好意思，師傅沒叫我打電話，你慢慢，不用急。」

年輕女子連連叫茂仔坐在校務處前的沙發上等，他只推說「習慣了站」，不敢說其實是怕沾滿麪粉、牛油的制服弄污這布藝沙發。這時禮堂裏一個學生推門出來：「老師！正想去找你，快進來吧，派對要開始了！」茂仔想起他從前的班主任也是這般年輕，竟感到幾分親切。

「哈哈！看見你們開派對，竟然有點想重返校園呢！」隨老師走上二樓時，茂仔沒頭沒腦地說了這句話。

「你還很年輕啊！找些課程進修也可以的！」

「唏，我不是讀書的材料啊，不然也不會去學整餅呢。」

「做餅也沒什麼不好啊！學一門手藝，總有一天你會成為師傅！」口脗也十足從前的班主任。

「辛苦你了！要你送餅來還要你等，希望你回去不會被老闆責怪。」接過錢後，茂仔把單據交給老師，並婉拒了那罐冰凍的可樂。「我學整餅兩年了，也不知可以讀什麼呢！阿爸也不想我讀書。老闆罵人是正常的，『份糧包埋嘛』！哈哈！我以前的班主任也像你這麼年輕，和你說的話也很相似呢！」

老師一直送茂仔到地下，「你也像我的學生那麼年輕有幹勁！加油！」茂仔尷尬地摸摸後腦，立即放下手，趕緊拉拉衣袖，遮住不慎露出一角的紋身。

幾天後，麪包舖收銀雲姐給茂仔遞來一個透明文件夾，裏面有幾份資料，說是一位「姐姐仔」早上買完麪包後放低，指明要給高高瘦瘦的「後生仔」。「這兒最『後生』的是你了，又夠『奀挑鬼命』，應該是給你的了。」

茂仔滿腹狐疑取過，只見裏面的單張一份寫着毅進課程，另一份寫了什麼廚藝學院，還有一張小卡片寫道：「有人說過：上天很有趣，關了一扇門，未必一定為你打開另一扇門，甚至會把其他門都關上。但是，至少會為你留一扇沒上鎖的窗，等你主動伸手推開它。現實生活裏，這扇窗可能關得有點緊，不過，多花點力氣就可以了。」

茂仔一邊翻揭資料一邊搖頭歎息，喃喃自語：「哈，那位老師，也真夠多事。」再次想到以前同樣是好事之徒的年輕班主任，茂仔不自覺傻笑了。仔細翻閱資料，心想：不知道還要儲多久才夠錢去學廚呢？父親會贊成我去學廚嗎？

洗頭妹

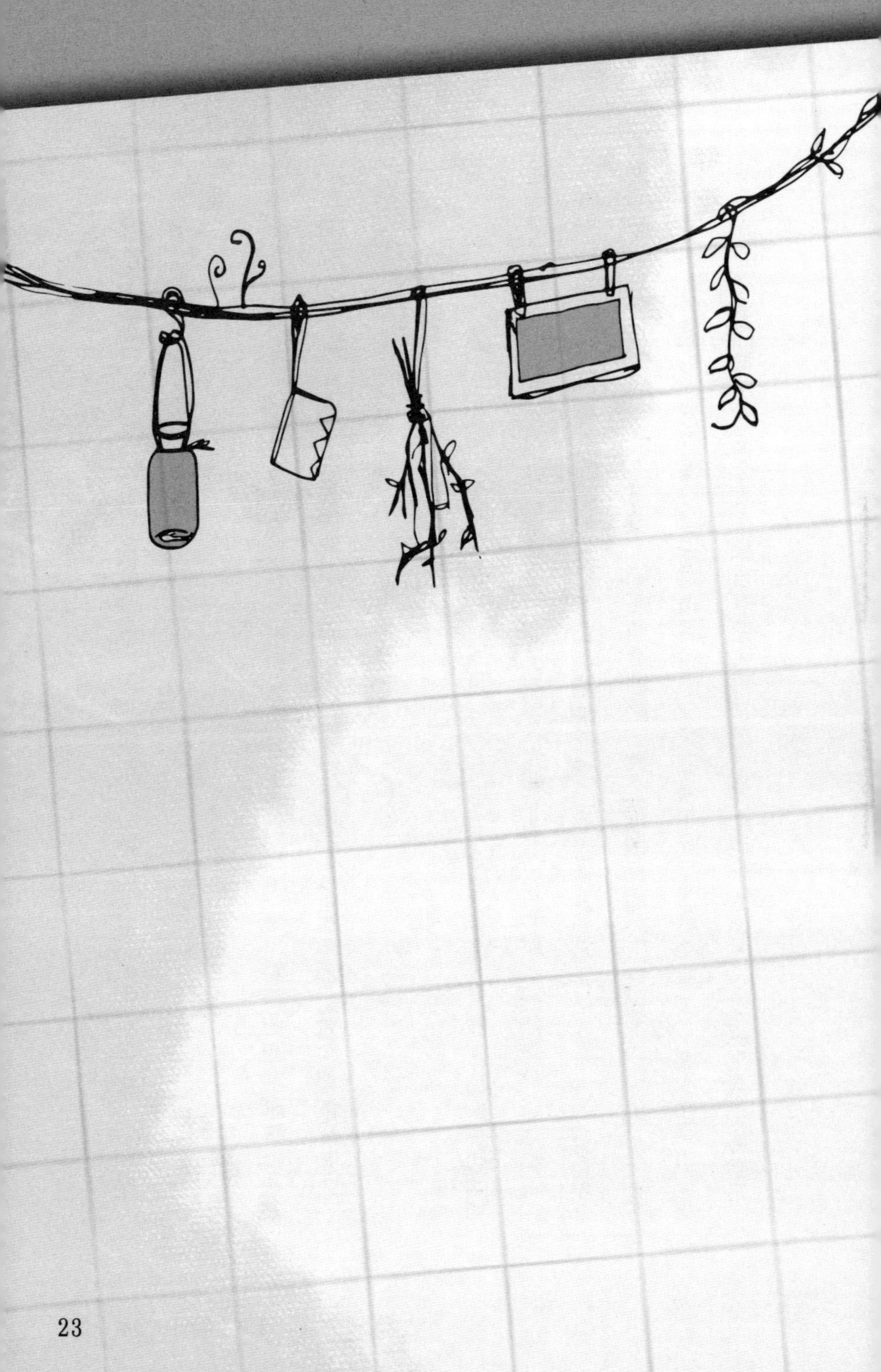

原來同期入行的艾美已成為髮型師幾年了，表姐的叮嚀在多多心上徘徊不散：「魚唔過塘係唔會肥」，我真的已經錯失了許多時機嗎？

從前她不相信，沒把這話放心上，看着髮型屋裏的「洗頭仔」如鮮活的水流轉也沒太大感覺。反正是洗頭，去哪裏洗都一樣。老闆娘逢年過節不也親熱地拉着多多的手說：「這麼多年了，大家就像一家人！」嗎？

「水會太熱嗎？」這位老婆婆算是多多的「老主顧」，從她第一天來這兒為人洗頭開始，這就是其中一個她用來「練習手勢」的頭。不知不覺，在這髮廊已待了八年。這些年裏，多多也有幾次辭工的衝動，但每次老闆娘都苦口婆心地為她分析情勢：「你沒有學過剪髮，又沒有造型設計的證書，毫無剪髮經驗，轉公司也一樣為人洗頭而已。你打工經驗淺，懵懵懂懂的，分分鐘被壓榨呢！到時候你吃夠苦想吃回頭草也難了。你一走，人手不足我自然要招聘，難道你說回來我便把人趕走嗎？怎麼也說不過。一直以來我也待你不薄，想想你遲到早退我都捨不得扣減你的工資，就是因為把你當女兒。要我看你到外面被刻薄，我可心痛呢！當然，要是你想趁年輕出外闖闖見世面，老闆娘也阻止不了，只是『做生不如做熟』呢……」

「有沒有哪兒特別癢？」

「整個頭都癢。」老婆婆有點口齒不清。

多多仔細地按摩老婆婆的頭皮，每次她為長者按摩時力度都特別輕柔，生怕傷了漸見稀疏的頭髮。外婆常說幼細脆弱的頭髮掉一條少一條，不像皺紋，歪歪斜斜的在鬆弛的臉皮上排得愈來愈細密。

揉了差不多十五分鐘，老婆婆笑得兩眼瞇成一線，相當滿意。「呵呵呵」地笑，兩頰的皮上下顫動，露出僅餘的幾顆小牙齒。

「乖！不用告訴事頭婆！」老婆婆往多多手心塞一個十元硬幣，多多道謝後很順手的把硬幣滑進牛仔褲的後袋，繼續吃那份擱涼了的早晨全餐。

本以為今天運氣不錯，才洗了三個頭就收到「貼士」，誰知接下來的幾個小時連人影都沒有。唉，就算沒有小費，有人來的話洗個頭好歹也能分得幾元。從圍裙口袋裏摸出表姐送的潤手霜，擠出青豆大小的乳霜塗抹，多多盯着自己的一雙手，因長期浸水和接觸洗髮露、潤髮乳，衰頹的紋理爬滿兩掌，比她所有「老主顧」的臉都更皺。像這種乾燥的北風天，雙手一離開溫暖的水，皮膚乾裂所帶來的刺痛痛徹心脾。「不要覺浪費，女孩子年紀輕輕雙手變得如此粗糙多可惜！要勤滋潤補救補救。」想着，多多又擠出一顆小青豆。

老闆娘的話也不無道理，誰叫自己「唔爭氣」？學歷已經夠低，那張中三證書更早就不知塞到哪兒了。向來最討厭讀書，不然哪會連中四都沒讀完就退學？自我增值誰沒聽過？提得起勁才是關鍵啊！進修也要錢，多年來習慣月月清，連家用也付不起，哪來閒錢進修？那些證書又似乎無窮無盡的，基礎級、中級、高級……造型、設計、吹電染燙……什麼都講究專業資格，要花多少年耗幾多錢才換到這些所謂資格呢？已經二十多歲了，把這些都讀完的話，要讀到何年何月？愈想愈覺自己一無是處。每次聽完老闆娘的分析，多多都會失眠接近一晚，不過隔天就沒事。偏偏自從那天遇見艾美後，她幾個晚上都睡不好。

「多多，好久沒見了！最近在哪兒工作？」沒想到艾美離開這兒後輾轉到過不同的髮型屋工作，早就不用為客人洗頭了。「你還窩在那小髮廊洗頭嗎？找地方剪髮吧！像我讀幾張證書，汲取多點經驗，眨眨眼便升職！就算你去見工也講經驗啊！人家即場拿出假髮讓你剪，你也要剪得似模似樣。難道你想一輩子做洗頭妹嗎？」

艾美中三時的成績比多多還要糟，如今人家已是髮型師了，由她說出「洗頭妹」幾字，分外刺耳。

「試想想，人家在同一地方給你洗頭多年，突然有天你說替他剪髮，對方哪會有信心？轉個地方才有發展！」表姐在桌上攤開紙張寫字計數教她節儉儲蓄，「你揮霍了的不止金錢還有時間，放膽試試，一家人輪流讓你剪髮，你當練習也好！」多多只覺一下子被說中了心事。

多多為外公和讀一年級的表妹剪髮，每次兩公孫都很滿意，但除此以外，她便不敢為其他人剪髮了。「和外公一起整天待在公園裏乘涼的老伯，也對外公的髮型讚不絕口，你為他們提供二十元剪髮，他們一定很開心！還可儲經驗，賺得的錢就當進修基金！」表姐滔滔不絕的說得多多有點心動。

「以前在橋底為我們這些老頭子剪髮的阿姐沒開檔很久了，老友記們都羨慕孫女為我剪的清爽髮型呢！」外公摸摸腦袋，咯咯地笑。「來吧！明天我帶你去公園！」

「真的嗎？」多多調較手機鬧鐘，心想：明天早點起牀跟外公逛逛公園，就當散散心，順道探聽一下是否真的有市場吧！

六點起牀，會不會太早呢？

小確幸

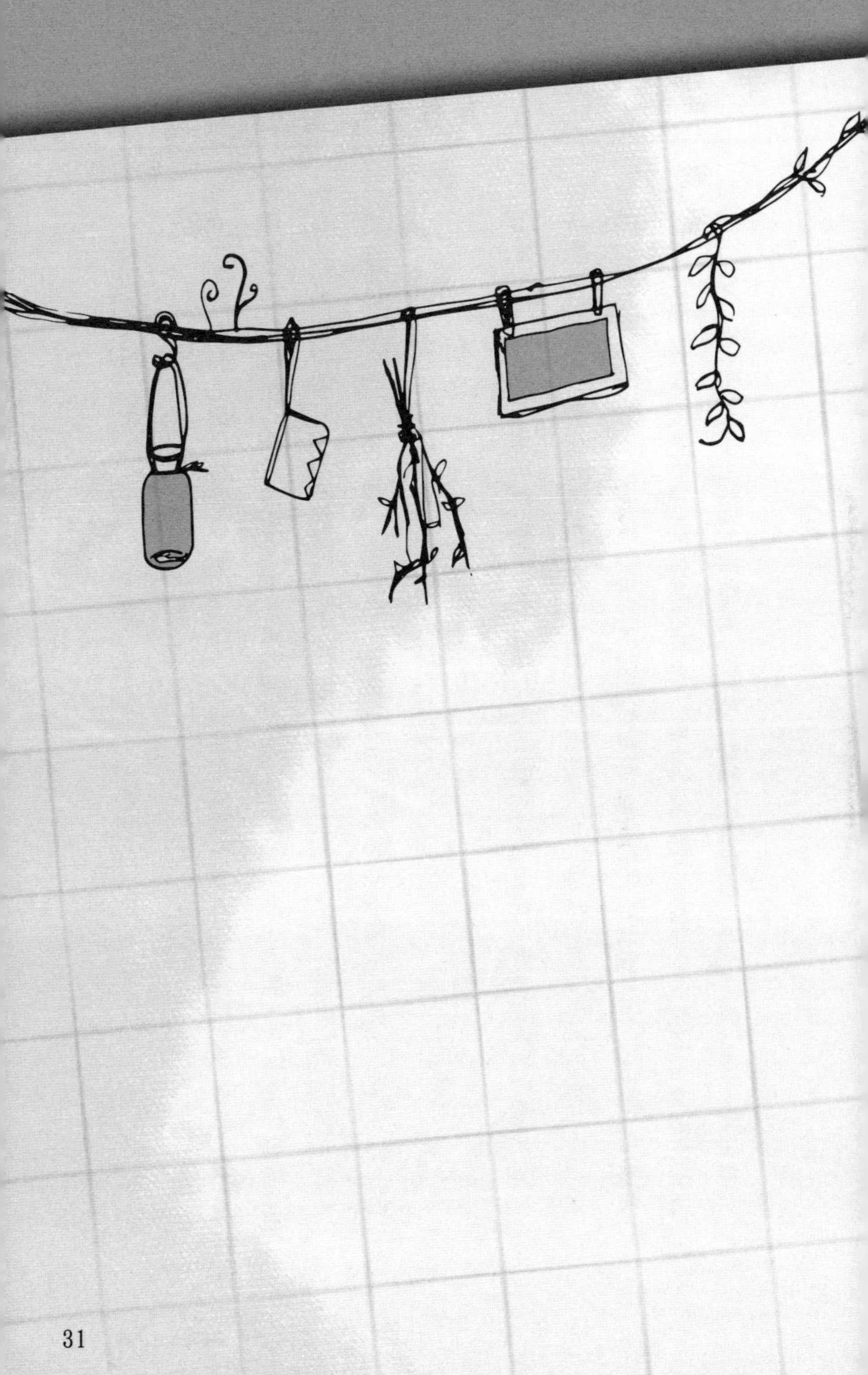

其實圓圓的生活並不刻苦，每月收入穩定，不愁吃喝穿着。

雖然圓圓把大部分時間都花在工作上，但她的興趣不少，只是花費都不算多。不外乎看看書、散散步、偶爾寫作，或者遊遊博物館，即使做手工、入廚，也不是什麼燒錢玩意。遊博物館的話，她必申請博物館通行證，只需五十元，半年內可無限次到訪港九新界七間博物館。這小妮子認真衡量過，其實只要半年內她能看兩個展覽，五十元已「回本」，若然可以三次走訪博物館的話，已算「有賺」了。

跟母親鑽進菜市場左轉右轉、看母親挑選活蹦亂跳的海鮮、青蔥翠綠的瓜瓜菜菜、跟攤販閒話家常、穿梭各大超級市場格價……這些時候，圓圓都覺得自己很有一些「小師奶」風采。「反正是同樣的貨品，能夠買到較便宜或者是附送贈品的，心情豈不更暢快嗎？」圓圓的孩子臉和笑容使她倍添親和力，許多時候她都獲得額外的贈品，例如產品造型磁石貼，或者印上食油圖樣的便條紙、杯墊、贈飲、食物盒、毛巾、百潔布、環保袋、水瓶甚至保溫杯……這些小禮品未必全部都實用，而最大的缺點是大部分都不太雅觀，尤其那些品牌標誌大剌剌的過分張揚。每隔一段日子，圓圓就會整理收集得來的贈品，把它們統統捐到慈善機構，她相信，總有人用得着的。

也因為圓圓的觀察力，她很容易就留意到街頭派發的產品試用裝。就像那一次，她隨母親上街，看見紅綠燈旁擺放了宣傳女士衞生用品的易拉架和一堆紙皮箱，她幾乎可以肯定附近有人在派發試用品。果然，過馬路後，她和母親每人得到一小包女士衞生用品。他們看見好些太太取了四、五包，但圓圓和母親都覺得，我們每人要一包就好。能夠意外分得本來沒有的禮品，是小確幸，多取的話，就有點貪心了，「貪字得個貧」啊！沒走幾多步，「媽媽，轉角的連鎖藥店派贈品，你信不信？」很快，他們每人得到一個環保袋，裏面有些現金券、小瓶保嬰丹和猴棗散，還有兩粒喉糖。「剛才迎面而來的幾個人都急不可待地翻看環保袋裏的東西，要是袋中物件是自己買的，哪會人人都這般着急地即時翻找？」圓圓笑瞇瞇地說，一邊整理袋中小物。對於有這麼一種特別的「技能」，這小師奶很是沾沾自喜。

雖然圓圓如此精打細算，但她一點都不寒酸失禮。旁人常讚美她的衣衫配飾，也以為她在置裝上所費不菲。圓圓也是平常女生，愛美也不為過，而實際上她在衣褲鞋襪方面的花費稍為多一點，但絕對在合理範圍之內。能常打扮光鮮，一來因為以往買了不少衣裙又捨不得丟棄，二來因為三姐妹身型相若，服裝可以共享。至於她自己，多半光顧小商場的小店，只要有耐性，總可找出別具特色又價錢相宜的貨品。最關鍵的一點是，她會等服裝店有折扣時才購物。

「把平民價錢的服飾穿戴搭配得好看順眼，心情才更暢快！能給人眼前一亮的感覺，就是高手！」這是圓圓的穿衣之道。

對於家人，她很是闊綽，如果可以，圓圓想要把能力以內負擔得起的最好都給他們。照理這是好事，不過這一點叫她的家人很傷腦筋。「你不能總是刻薄自己！」大家都以為她是工作狂，所以絕少外遊。家人則覺得她是工作狂之餘，更是過分節儉，所以絕少高消費活動。「每次去旅行都很緊張，一點都不覺放鬆休息」；「最怕到令人震耳欲聾的演唱會跟人家擠，倒不如在家靜靜聽歌細賞歌詞」……無論圓圓怎樣解釋，家人彷彿都不相信她真心享受這種生活，的而且確她覺得自己應肩負最大部分的家庭責任，因為父母親已屆退休年齡，她是「大家姐」，更重要的是她「食屋企、住屋企」，連午餐都是帶便當上班，平常一天根本沒什麼需要花費的地方，多付一點家用也是應該的。「刻薄自己」幾個字，很不中聽。「我偶爾也買喜歡的東西啊！」圓圓心裏想，不過也懶得抗辯，反正大家都不會同意。

財政穩健的圓圓之所以如此堅守「應使則使，慳得一蚊得一蚊」的消費原則，全因她相信：總得儲個錢以備不時之需。公司裏大家都稱讚圓圓，不過她沒信心能永遠留在這個地方工作。「搞不好有天給辭退，難道到時真的要兩手空空、兩袖清風？」

其實她心裏還有個願望，願望有天能置業，「人生在世，總得有個安穩的家。」無奈如此世代，人人都說置業難比登天。圓圓抗拒賭博，也謝絕投資，只要想到辛辛苦苦賺來的錢瞬間輸個精光便覺心痛，所以她勉勵自己：「腳踏實地，必有實利！」

沒有辦法多賺錢，就要更努力省錢、存錢。今天星期五，正是超級市場換價錢牌的日子，明天下班後又是逛超市的好時機了。每念及此，圓圓又燃起「格價」的雄心壯志。

落網

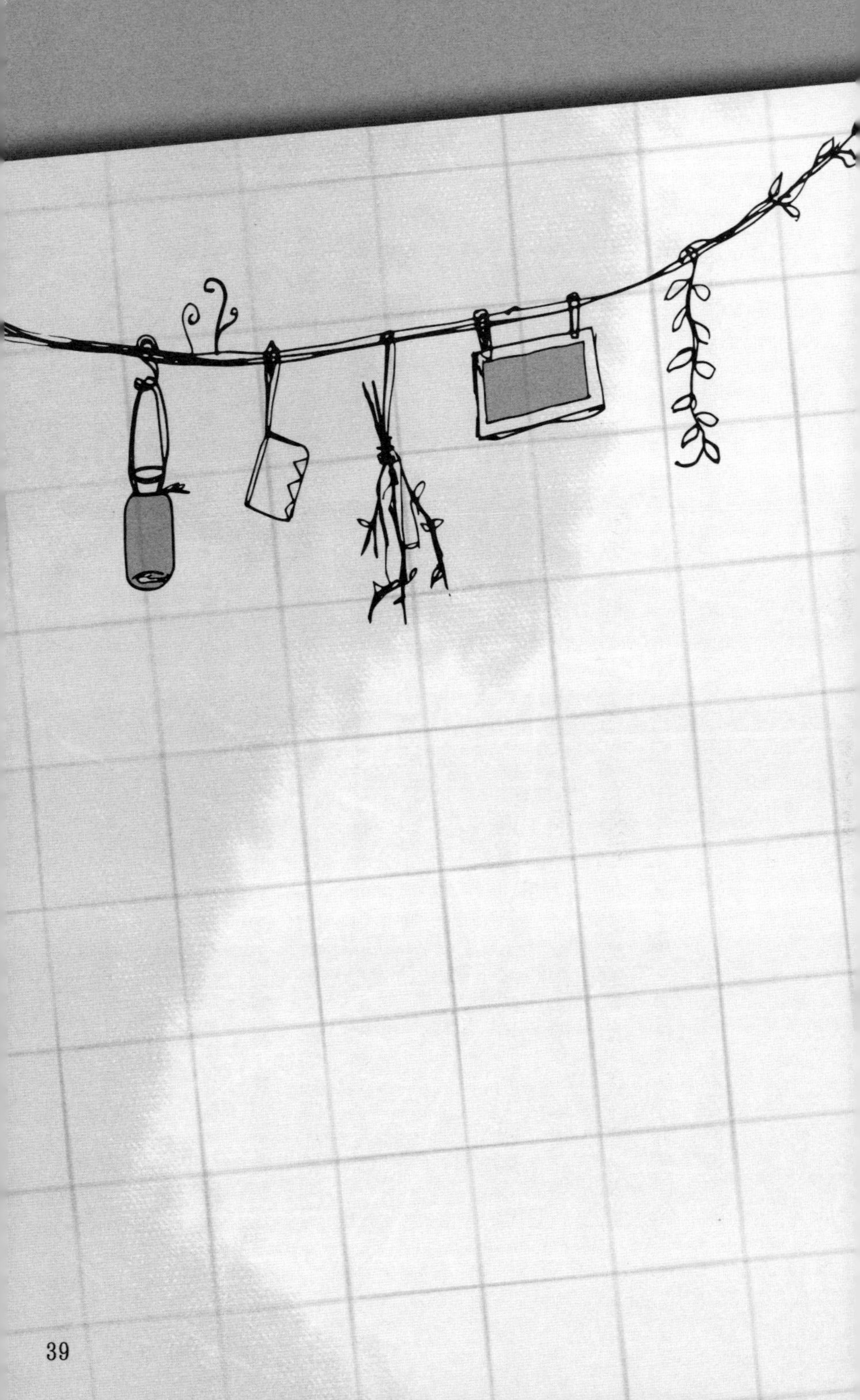

從前的圓圓懶理甚至謝絕 WhatsApp，要不是公司要求大家必須在 WhatsApp 開設羣組互相交流，加強溝通，她實在不願下載 WhatsApp 功能。許多人以為是因為她的電話太「老爺機」沒法下載程式，實情是她的電話的確有點過時，但好歹也是智能手機，可以使用這個程式的。她之所以遲遲不下載，並非因為覺得 WhatsApp 毫無優點，實際上要數它的優點的話，洋洋灑灑寫幾百字來也是沒難度的。但相對於它的好處，她更顧慮那種「隨時被找到＝隨時要應機＝隨時要工作」的生活模式。雖然人人稱她「人際關係 PHD」，但有時她也想有可以隨心獨處、不需顧慮某些人的感受的私人空間。

圓圓仍然記得，某個晚上她跟妹妹聊天時，妹妹的電話響起，話筒那頭的人怒氣沖沖地說：「做咩唔覆 WhatsApp？你明明 on 過 line，即係睇咗啦！點解唔覆？」掛線之後，妹妹也氣炸了肺，「咩事呀！點解睇完一定要即刻覆啫！」相信這通電話，兩頭的人都怒髮衝冠。當時她有點不屑，心想，「哼，不過是個用來通訊的工具，為什麼看了非要即時回應不可呢？人家也有自由意志，看了之後回覆不回覆，由不得你決定啊！你在這邊直跺腳乾着急，說不定對方倒在那頭輕輕鬆鬆享受寫意人生，或者優哉悠哉逍遙快活呢！」不過圓圓嘴裏還是說：「下次你看完就簡單回覆，例如『知道』、『明白』、『好』、『OK』……加些友善符號，無非讓大家感覺良好一點而已，不必要的誤會可免則免。本來就是個便利溝通的工具嘛，像我們說話時，得不到回應，心裏也難受。就算很忙碌都好，既然有時間抽空查看訊息，不妨再偷點點時間回應，但求大家高興，不會感覺像對牆壁說話而已。」

一氣之下，妹妹把 WhatsApp 調教至「不顯示上線時間」模式。後來妹妹問圓圓：「家姐，為什麼你還是不肯下載 WhatsApp 功能呢？其實真的挺方便。雖然有時會有小麻煩，但幾乎所有人都用了。」圓圓說：「我也不知道啊！可能因為我也怕讓人知道我已經讀完訊息卻沒有立即回覆吧！」

「雖然可以選擇不顯示最後上線時間，但有些人也會因為那『一個剔』、『兩個剔』而苦苦追逼。」

「但我看過一篇文章說『兩個剔』不代表對方已讀訊息，只是成功發送訊息而已呢！不過我沒求證過。」圓圓說得輕描淡寫。

一星期後，公司發了通告，表示為了方便通訊和聯絡，希望每位同事的手提電話都配備 WhatsApp 功能，圓圓只得向妹妹求救。妹妹三兩下子就為圓圓的電話安裝了 WhatsApp 程式，更叫圓圓感到有點緊張和壓力的，是十五分鐘之內竟然有超過十個窗口跟她說話，內容大抵都是「終於用 WhatsApp 喇你！」配上一些笑臉、拍掌或拉花炮的符號等，同時間，她也被加入了好些友善的羣組。窗口裏的人，似乎都為了此事很高興，這使圓圓不由得感到加倍的尷尬，好像自己真的極度落後。

「正！呢個 group 終於齊人，可以隨時開會喇！」小組上司傳來這樣的訊息，教圓圓的心揪得緊緊的。

都市人的適應能力總是很強的，沒多久圓圓便習慣了這通訊小工具，也總是勤勤懇懇地奉行讀了就儘快回覆的原則，「但求大家高興嘛。」不過她也漸漸發覺WhatsApp並不如當初眾人所說的，可以在工作上做到「便利各方」的效果。某次開會時提到幾個活動和比賽的日期，大家提議在WhatsApp羣組裏說說以便紀錄。她發出訊息了，得到幾個回應；一星期後又有人問起活動日期，圓圓再說一次，對方說，還是白紙黑字好！半個月後，一句「哎呀！為什麼不提醒我呢！現在都過期了！」圓圓腦海裏即時閃出的是：口頭、WhatsApp、便條齊備，還欠哪種形式的提醒呢？

那次以後，每有牽涉公事的消息，不管官方WhatsApp收到多少回應，甚至不理他人有沒有回覆，事無大小她都同時另發電郵加便條，務求儘量避免閃失，令工作都做得圓圓滿滿妥妥當當。

今天圓圓驚覺自己竟然為了別人沒有回覆自己的WhatsApp而坐立不安，常常上線看看對方是否在線，為了對方的最後上線時間而耿耿於懷，卻不敢再發訊息出去，莫名其妙地覺得心揪住揪住痛……她忽然明白了。

能夠使人如中毒上癮般着緊，平白無事自尋煩惱，並非因為 WhatsApp 這件工具，一切原因盡皆在於和你通訊的對象，或正熱烈地談論着的奇人異士、光怪陸離。能夠時刻牽扯人的思緒，要麼因為正談論的事件匪夷所思，要麼因為與對方的關係非比尋常。圓圓驚詫地發現，自己竟不幸落入這張纏人的巨大而細密的網，茶飯不思、寢食難安，夜來無法入眠輾轉反側……無法自拔，像隻失魂落魄的女鬼，輕飄飄的找不到靠依。

她想起當天妹妹的朋友轟電話過來時的怨氣，也想起自己當時夾雜點點不屑的大惑不解：「你在這邊直跺腳乾着急，說不定對方倒在那頭輕輕鬆鬆享受寫意人生，或者優哉悠哉逍遙快活呢！」她終於徹底明白了。

圓圓忍不住把頭埋在抱枕裏，咬緊牙齒，吃力地抽泣。為對方，更為自己，為自己甘心一頭栽入網羅的愚昧。

離港

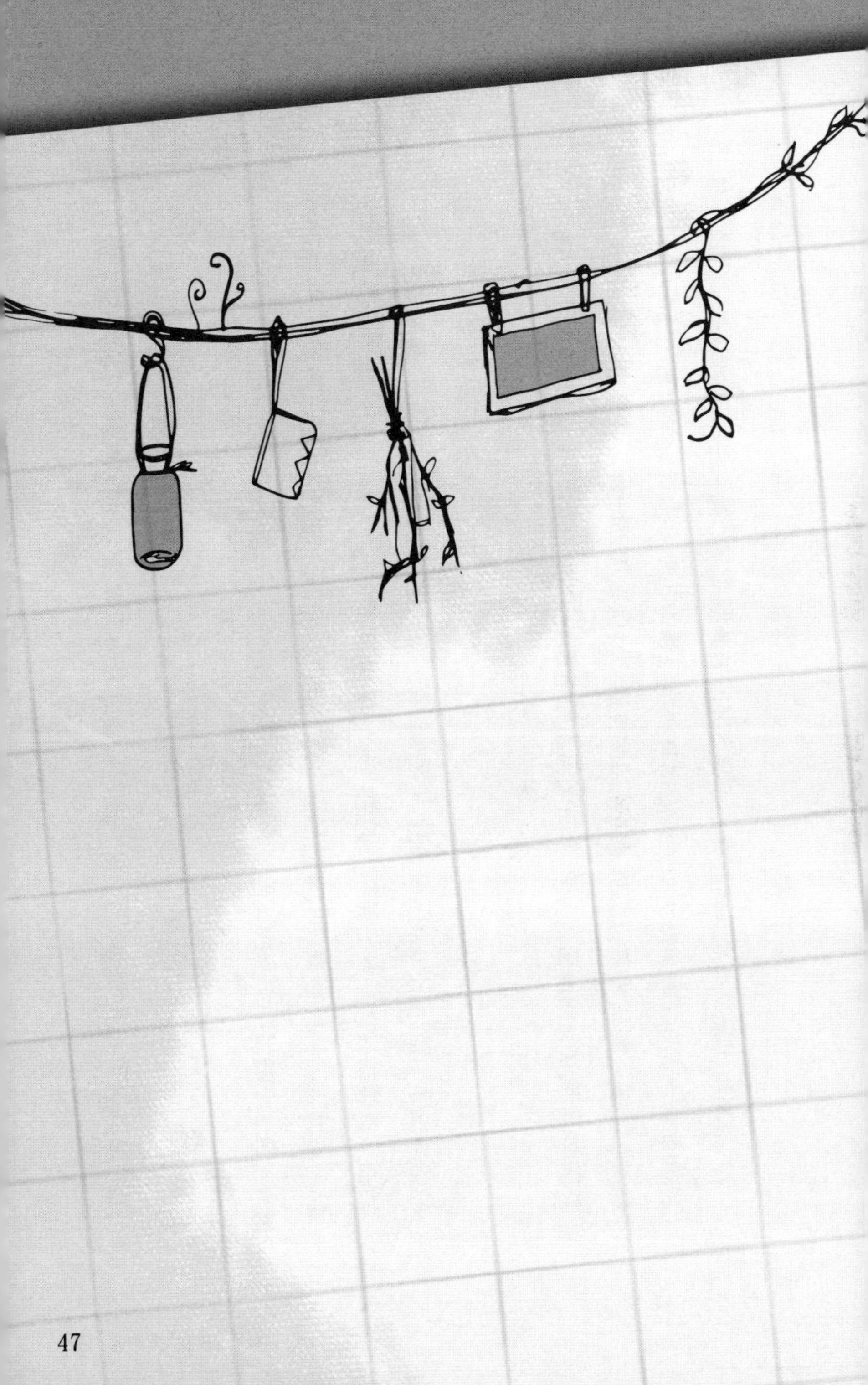

與其回家面對必將聒噪不休然後每次出遊前必定舊事重提的父母兄姊，她不假思索即決定拖着行李箱在機場大堂遊走三天。不過三天罷了，時間一晃就過。

本想回到市區隨意遊蕩，卻怕碰上熟悉的面孔。畢竟她剛才已率先在面書上發佈了最新動態——出遊，「離港」兩字大剌剌地耀武揚威，與她的臉各佔畫面上二分一空間，這張照片已換來了多人讚好。相傳倒楣潦倒的日子最容易遇上認識的人，若此說當真，相遇之時要如何解釋「離港/不離港」這故事？幸好現在不是旅遊旺季，不然要在機場遇到相識的人也並非沒可能的事。

謀殺時間的最好方法就是讓它落入慢性自殺的圈套。在一室瀰漫着香氣的咖啡店挑個角落的沙發位置靜坐，戴上耳筒讓音樂無間斷輪流播放，點撥手機，瀏覽面書上朋友圈的每一個更新，單點咖啡早已擱涼，濃濃的咖啡香在空氣和開始適應這個空間的鼻腔裏稀釋、飄散，時間走得特快。隨身充電器真是出色的發明，備用電池耗光後也毋須憂愁。

在人煙較少的暗角坐下，雙腳擱在行李箱上，戴上眼罩入睡，夜半醒來幾次，機場依舊燈火通明，斷斷續續小睡片刻又片刻，始終不太習慣，乾脆起來四處走走。許多店舖都關門了，人也沒白天的多，行李箱在通衢大道上滑行順暢。偶爾見到三兩個外籍人士打盹，身旁同樣有巨大的行李箱，她不禁想：「這些人是不是和我一樣？」

第二天，又在咖啡店呆了一個上午。在網絡閒晃的時候，發現「離港」的照片已有超過一百人like，甚至有類似「相」/「求分享」一類的留言。她正煩惱沒有出遊，要如何在面書上分享異地風貌？不知是否心理作用，店員好像認得她似的，老是盯着她看，叫她渾身不自然。好吧，既然從前路經此地都來去匆匆，昨晚又那麼多店舖都打烊了，就當今天是難得的機會，好好遊一遊機場吧！她終於決定要再次開步四處走走。

在兩幢大樓之間逡巡時，驚訝地發現759阿信屋的分店竟蔓延至機場了，身為阿信屋資深會員的她竟然不知道，不過這驚人的「生命力」提醒了她伴手禮的必要性。在阿信屋裏漫遊，幾乎把每件零食都看一遍，再選合眼緣的加以細察，確保每件貨品的原產地均為台灣，這「手續」正好可以殺掉更多時間。幸好她沒有忘記帶會員卡，買了超過三百元後，全單可打七折，這麼一來為她省了接近二百塊。只是要是真的忘了也不要緊吧，不過是會員卡而已，買了那麼多東西，店員絕不介意多發一張新卡。

雖說「出遊」就別介意消費，但浪費了來回機票已叫她恨得咬牙切齒，而且機場麥記連「廿一蚊餐」都沒有，壓扁了的漢堡叫人如何吃得飽？退機票是妙想天開了，不幸中之大幸是她向來只購廉航機票，這次也不例外。本來以為民宿訂金必然付諸東流，誰料民宿老闆娘接到她的電話聽了她的遭遇後，竟願意把訂金全數退回，善良到如此程度真是意料之外。加上剛才省回來的二百多元，這一切真可說是接連的雪中送炭，她慶幸此刻的自己還有心情可為這些「小確幸」沾沾自喜。

搜羅了大量經過再三確認原產地標明是台灣的零食後，她開始了偉大而艱鉅的任務——撕標貼。她一邊撕一邊暗誇自己的機智，要是忘了這重要的步驟，不慎送出本土零食露出破綻，可要功虧一簣了。撕的時候還不能太用力，怕壓碎了裏面的零食之餘也怕弄綯了包裝。就在她專注地撕標貼的時候靈光一閃：把這大堆零食鋪滿行李箱再拍照上傳面書不就行了嗎？所謂的有圖有真相，戰利品亮出來，一切自然不言而喻了吧？要是嫌只有零食太單調，買點其他什麼搭配也無不可。想得越發起勁，她打算把省回來的二百塊錢拿去大型連鎖個人護理用品店買面膜充撐場面。

特別頑強的標貼是可恨的，刮得她指頭都發痛，指甲上的甲油也零碎地剝落，斑駁的顏色分手外刺眼。翻出潤手霜塗抹滋潤雙手時，她靈機一觸，猛然記起在某個冷知識節目中看過有關潤膚露能輕易除去標貼的資訊，原來那些看似無聊的節目也真的有實用的時候。於是她又仔細地為每一個固執的標籤塗護手霜，是有點浪費的，然而這也是無可奈何中唯一較可行的辦法。

終於把所有標籤都清除掉，滿心歡喜的她雀躍地把零食和面膜一包一包的鋪放在行李箱上，用手機拍了一張又一張照片，左看右看角度總不合心意。最後選了一張較理想的，再拼湊一角藍天，夠經典了，反正哪兒的天空都長一個模樣。附上「戰～利～品～」三字上傳，立即登出。今天的「任務」雖為她打發了大量時間，卻也叫她累透了。

軟攤在椅子上休息的時候，她猛然醒覺已經兩天沒有梳洗了，反正機場的洗手間空間那麼寬闊，掏出毛巾擦擦身換一下衣物豈不更自在？打開行李箱，拉開網袋，赫見手帕襪子等零星雜物當中，混着一本護照，急忙把它抽出來看看……

「砰！」用力闔上箱子，她在心裏罵了一句髒話，寧願繼續相信特區護照其實沉沒在家中某個抽屜的深處，不見天日。

失明

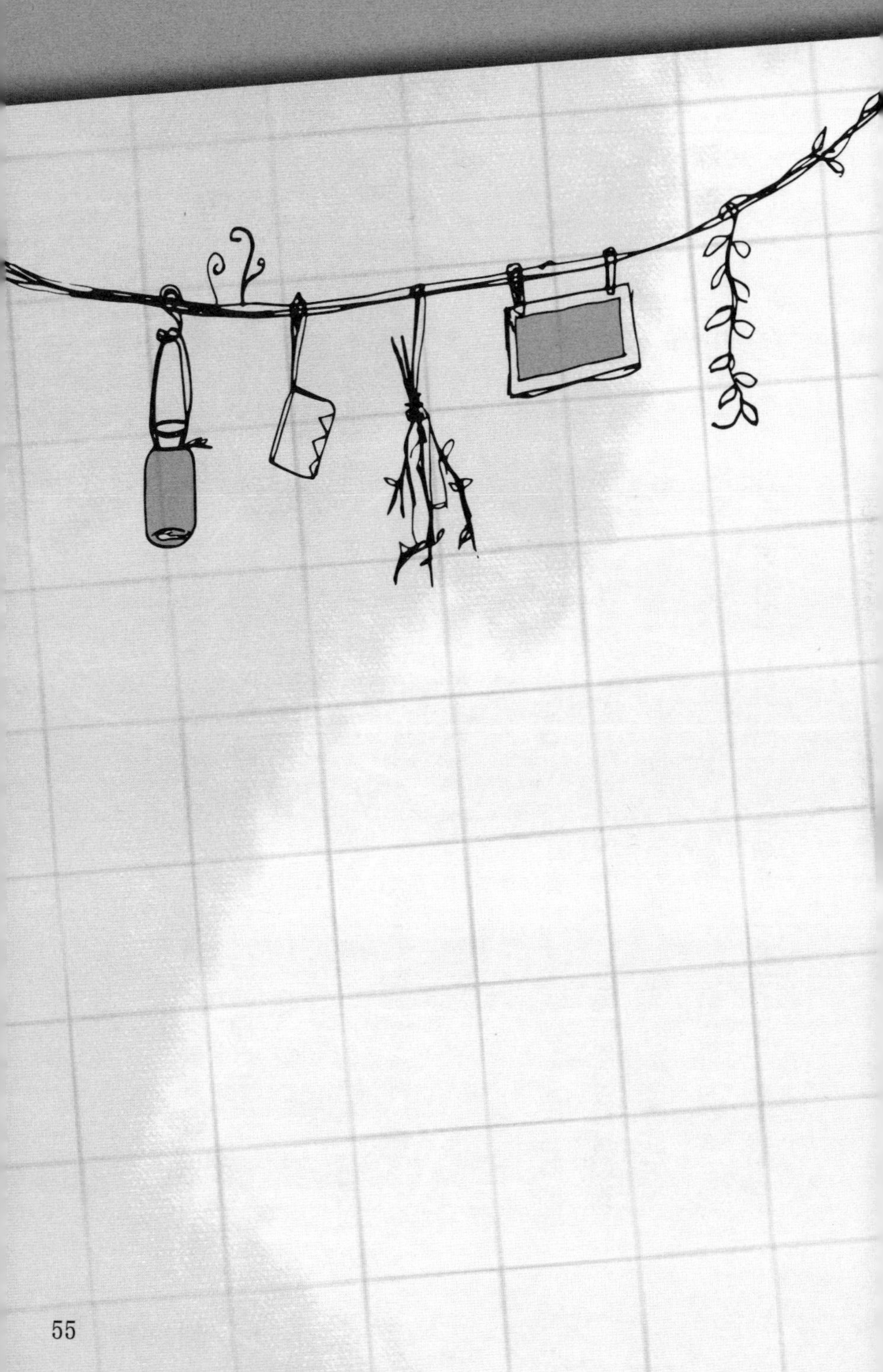

（一）

鄒小姐「觸碰」指示牌上的點字和圖案，一個個標示，全部都讓人無法讀懂。她以指頭用力感受那些凹凸的紋理，偏執地以指尖摩擦，擦着擦着，竟想起兒時盛夏午後，家裏打開大門，間歇傳出噼嚦啪嘞的聲響，然後規律地發出「咚、啪、咚、啪、碰、咚、啪、咚……」的聲音，基本上徐疾有致，只是偶爾會在「咚」後多待一會才有「啪」聲。媽媽們在「咚、啪、咚、啪」之中燃燒了一個下午，幾戶人家的小孩在走廊上大風吹、黐牆、老師話……的玩個不亦樂乎。跑得累了，大夥兒就回家玩。

其中一個孩子在搓麻將方面頗有功架，吩咐大家喚他「雀神」，大概因為那段時間賭神電影大行其道。每次「雀神」都會傳授眾人一些「甩牌心得」，示範如何用拇指起勁「捽」麻將，無需用眼，單憑一指就可「捽」出麻將上的圖案或字。鄰居小夥伴們當中，除了肥仔強甩中過一扇門，就好像沒有人「甩」中過，同樣地，鄒小姐也沒有一次「甩中」，但奇異的是「雀神」自己也沒中過，他辯解：「我要做錯誤示範等你班人學嘢嘛！」

鄒小姐甩牌的同時會在心裏猜測牌上的圖案，但事實證明她的指頭真的不靈敏。這個玩意很快就在小朋友圈沒落了，甩個半天甩得小指頭發紅還要沒有人中獎的無聊遊戲，倒不如繼續玩狐狸先生幾多點，享受瞬間拔足飛奔的刺激感。

（二）

鄒小姐把其中一位義工送上計程車後，帶着深深的歉疚回家。

這天是聖誕節後的週末，鄒小姐首次到失明人協進會做義工。「把他們當普通人一樣」，她再三叮囑自己。直至活動完結，一切都很順利。同為義工的陳叔叔問可不可以帶他去乘計程車，因為他趕時間「過海」。鄒小姐問了負責人車站在哪兒，便和陳叔叔離開中心了。他們沿着引路徑走了一段路，陳叔叔介紹了自己的工作，又提到年輕時在心光學校讀書的情況，輕描淡寫中竟有幾分年輕的雀躍。鄒小姐不由自主地偷瞄陳叔叔的眼睛，沒有看到什麼奇異的神采。她很快又移開視線，因為即使陳叔叔看不見，她也自覺這種目光太無禮。引路徑在街角中斷了，於是陳叔叔問可否輕扶鄒小姐的手肘請她帶路。

「你照平常一般走就可以了，我跟得上。」

「對不起。」因為自己刻意放慢的腳步和僵硬了的手臂，鄒小姐的臉刷地紅了。

「唏，不用抱歉，你的反應很正常，我們絕對明白的。」陳叔叔的禮貌、大方和自然，倒顯得她更神經過敏。

「我剛才聽到你說想預留一套有聲書，那是什麼書呢？」

「是短篇武俠小說，中心的義工錄製的，很搶手！聽說因為不夠人手，很少人願意錄，所以很久才有新書。限量版，每人限取一套。」

「除了武俠小說，會有其他嗎？要模仿武俠小說的聲效很高難度。」

「鄒小姐你有興趣錄嗎？大家一定很歡迎！你的聲音相信很適合錄兒童故事！」計程車來了，在陳叔叔問車門在哪兒之時，鄒小姐已經很順手地拉開車門，結果車門撞上了陳叔叔的手。雖然陳叔叔堅持只是小事一樁，叫她不要介懷，但龐大的愧疚感始終籠罩住她，一路上不斷擴散。

（三）

在鐵路站，鄒小姐終於找到失明人指示板，她又再用手指頭甩那些標記。之前她覺得指示牌發出的聲響極吵耳，甚至認為那些粗糙的音樂會為指示牌使用者帶來不便，吵雜的聲音怎可能不影響人們的情緒？直至剛才她從A出口進入鐵路站後，避過許多人，走到C出口附近，在嘈雜的人聲中再次聽到那粗糙的音樂時，她終於明白樂聲的意義。

四顆星星佔據了指示板的四角，那麼星星應該是出口的意思。然後邊「甩」邊按圖索驥，依次找出代表引路徑的虛線、詢問處用了問號、其中一邊沒封閉的長方形原是扶手電梯、四四方方的升降機……唯一的三角形，鄒小姐以為是洗手間，到沿着引路徑走到閘機時，才醒悟那應該是「你在此」。

對，地圖上也用三角符號告訴我們所在之處，怎麼會想不到呢？

沒有入閘，鄒小姐反而回到起點，貼近引路徑在站內走了一圈，她一度想緊閉眼睛穿越人潮，可惜最終還是沒有膽量。又一次回到指示板前，鄒小姐閉上眼睛，盡力靜下心來，逐寸逐寸摸清板上鑄刻的符號。除了靠印象記得分佈在四角的四顆星，她只能勉強辨認到那個獨一無二的三角形。她的指頭始終如此遲鈍，遲鈍得被那些坑坑窪窪壓出一道道紅痕，仍未能感應到每個符號的意義。用力把食指壓在三角形上，發紅的指頭上的三角坑紋框住更紅的肉，鼓鼓的，大概久久不會褪去。「為什麼我還在此呢？」

（四）

鄒小姐是失明人嗎？一雙圓圓杏眼閃亮閃亮。那麼她是在為失明而做預備嗎？上個月的視力檢驗，一切正常。她不過是記得，弟弟離世前最後過的那些天，就是漫長的，卻也短暫的，失去光明的日子。弟弟還來不及教她學會點字，就離開了。鄒小姐剩下的，只有一張卡紙，弟弟說過，紙上那些點點，排列出來的意思是：

家姐。我世上唯一的親人。謝謝你。對不起。

木桶定律

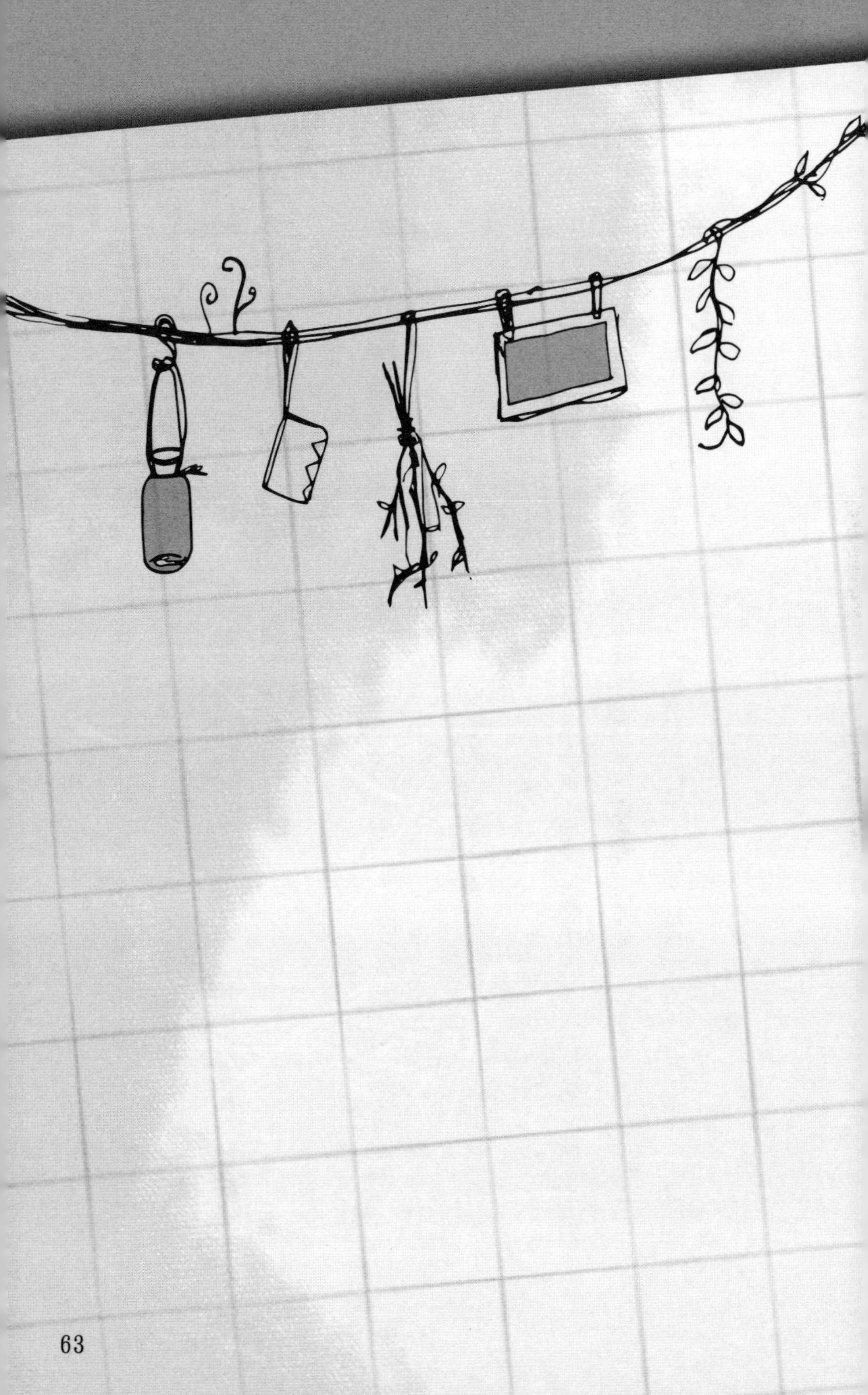

老闆從來不叫潔儀打字，雖然她是個秘書。並非因為打字不是她的職責，而是她根本不會有機會跟老闆接觸，又怎可能直接從老闆手中接過工作呢？吩咐潔儀工作的，是她的上級，即是公司的「中層領導」。從前她沒聽過什麼叫「中層領導」，相信大家都沒聽過，即使有聽過也不會用這稱呼，因為大家都叫上級做「阿姐」。

「『阿姐』話爽手爽腳，搞唔掂今晚唔駛旨意收工！」

「『阿姐』三點三萬歲，大家食乜任揀，廿蚊內，快手快手。」

好事壞事，大家都稱呼上級「阿姐」。至於人後，相信各個小圈子內都會有他們起的各具特色但「唔見得光」的渾名。兩個月後潔儀就在這公司工作夠三年了，也是她可以由合約轉長工的試用期屆滿日。兩年多以來潔儀始終堅定不移，沒有加入任何小圈子，雖然曾有不少人向她招手。

有人的地方就一定有是非，而愛說三道四的人十居其九都是為拉攏其他人才搬弄是非，亦即所謂「是非當人情」。潔儀深明辦公室政治這玩意她絕對駕馭不來，但也曉得在職場上一定要明哲保身，所以她總是默默耕耘，力盡本分，即使不加入任何圈子，也儘量與所有人保持適當的友好距離。漸漸，大部分人都不會跟她說是道非，因為潔儀從不將聽到的小道消息外傳，既然起不了「傳播作用」，說來也沒意思。但正因為無法起傳播作用這「優勢」，以致即使她在場，大家也會當她透明般肆無忌憚地交換情報「學是非」了。

自某一次團隊培訓交流後不到一星期，適逢「阿姐」升職，同事們好像都「很自然」的就吐出「中層領導」幾個字，不知道是不是她神經質，有時她覺得，說這幾個字的人語氣總是帶有諷刺，甚至滲出不屑的恥笑意味。而更關鍵的一點是，這一「笑」，被取笑的除了「阿姐」——我們的中層領導之外，還有公司的「最高領導人」——我們那至高無上的老闆。可是潔儀不習慣，她還是覺得稱呼「阿姐」聽起來較順耳。

或者是潔儀多心，她覺得「阿姐」的衣飾裝扮比從前講究了。襯衫內領都綴了特色布邊，表面看來彷彿仍是平平無奇的純白襯衣，但細心看，還是會看到那條約有一厘米闊的裏布邊，民族風條子斜紋、腰果花紋、千鳥格圖案、黑白小圓點、清新小碎花、青綠相間的葉子，甚至有潔儀最喜愛的拼布……都是手工精細，很活潑的紋理；高跟鞋也換了尖頭幼鞋跟的，鞋子不再是刻板的真皮黑色，猄皮面、深沉得接近黑色的藍、壓花面、鱷魚皮紋……陸續出現的，除了走起路來的「咯咯」聲響，其他都是細微的變化。以前「阿姐」不化妝，現在偶爾會看到她臉上有淡淡的妝點，描畫過的眉、薄薄的胭脂。潔儀也在洗手間裏，見過「阿姐」探前上半身，貼近鏡子抿嘴，大概是剛塗過口紅，一種淺淡得幾乎看不出的顏色。數算各項變改，格外搶眼的，應該是那些小小一顆的，珍珠或碎鑽耳環。

除此種種，側聞大家都覺得「阿姐」升遷後的態度神情比從前囂張跋扈了，同事們都批評她說起話來鼻孔朝天，趾高氣揚，不可一世的舉措惹來同事的不滿。對個別同事，更不止連名帶姓直呼其名，有幾次甚至「阿邊個邊個」的喊，緊皺的眉頭、尖刻的措詞、極其厭倦似的表情，實在有夠裝模作樣的。「阿姐」本來就不是容易相處的人，如此一來，就更叫人卻步了。

「聽聞公司要裁員！新官上任即借精簡人手為名辣手炒人，幾個年資較淺的同事率先被開刀，誰敢說不是這個『中層領導』好事多為！說不定刀子瞄準的下一個是……」

如今公司裏年資最淺的，除了清潔姐姐，就數潔儀了。

今天，「阿姐」把一疊文件交給潔儀，落在桌面響起「啪」聲的剎那，「阿姐」的聲音同時響起：「老闆叫你見字打字全部打一遍。」「咯咯」走遠幾步後，回頭煞有介事地壓低嗓子說：「其實除了打字時讀一遍，我認為你也應該認真研究它們，最少一遍。」潔儀起了一身雞皮疙瘩，心裏莫名其妙地發毛。

「史賓斯《木桶定律》提出，一個木桶能夠盛多少水，不在於木桶上最長的那塊木板有多長，而在於木桶上最短的那塊木板有多長……。因為要維持企業的競爭力……劣勢決定優勢，劣勢決定生死……」文章旁還有眉批，潦草地寫着：一個團隊的成敗往往不在於它最優秀的員工的優勢，而在於最劣勢的員工為團隊帶來的劣勢。

「決定團隊的強弱，往往不是……反而是能力最弱、表現最差的成員。所以企業團隊的建立，就是設法讓落後的成員迎頭趕上……」其實文件上還有這段，不過被一個鮮紅色的「X」重重壓住。

雖然「阿姐」叮囑潔儀認真讀最少一遍，而事實上她也多讀了起碼五遍，可她還是無法隻字不漏地把這個《木桶定律》背出來。因為一邊讀，一邊不由自主地想到最近在公司裏傳得沸沸揚揚的裁員消息。潔儀未能肯定傳聞的真確性，但她確實親眼目睹幾位年輕同事離職，清理門戶的消息是謠傳的機會似乎又更微了。

「老闆親自面見每位同事，連請坐也未說，劈頭就叫人自報這年對公司的具體實質貢獻，神情冷漠，許多人就這樣毫無癥兆地收到大信封。」據她的觀察，最近士氣的確較往常更為低落，同事們從老闆的辦公室裏走出來的時候，都像生意失敗、元氣大傷般。這場令人聞風喪膽的腥風血雨恐怕半真不假，直教人人自危。

難以忍受失眠的煎熬，潔儀遊走於網絡間企圖尋獲更多有關史賓斯的理論，可惜最令她困擾的始終是老闆的文件上出現過的《木桶定律》，那潦草的批註和鮮明的「X」。最後，她登錄求職網站，認真研讀每一個她可能合乎要求的求職廣告，並在「我的文件」裏搜尋求職信和履歷表，開始把這兩年以來修讀過的課程、取得的專業資格逐項逐項打出……

街頭遊藝

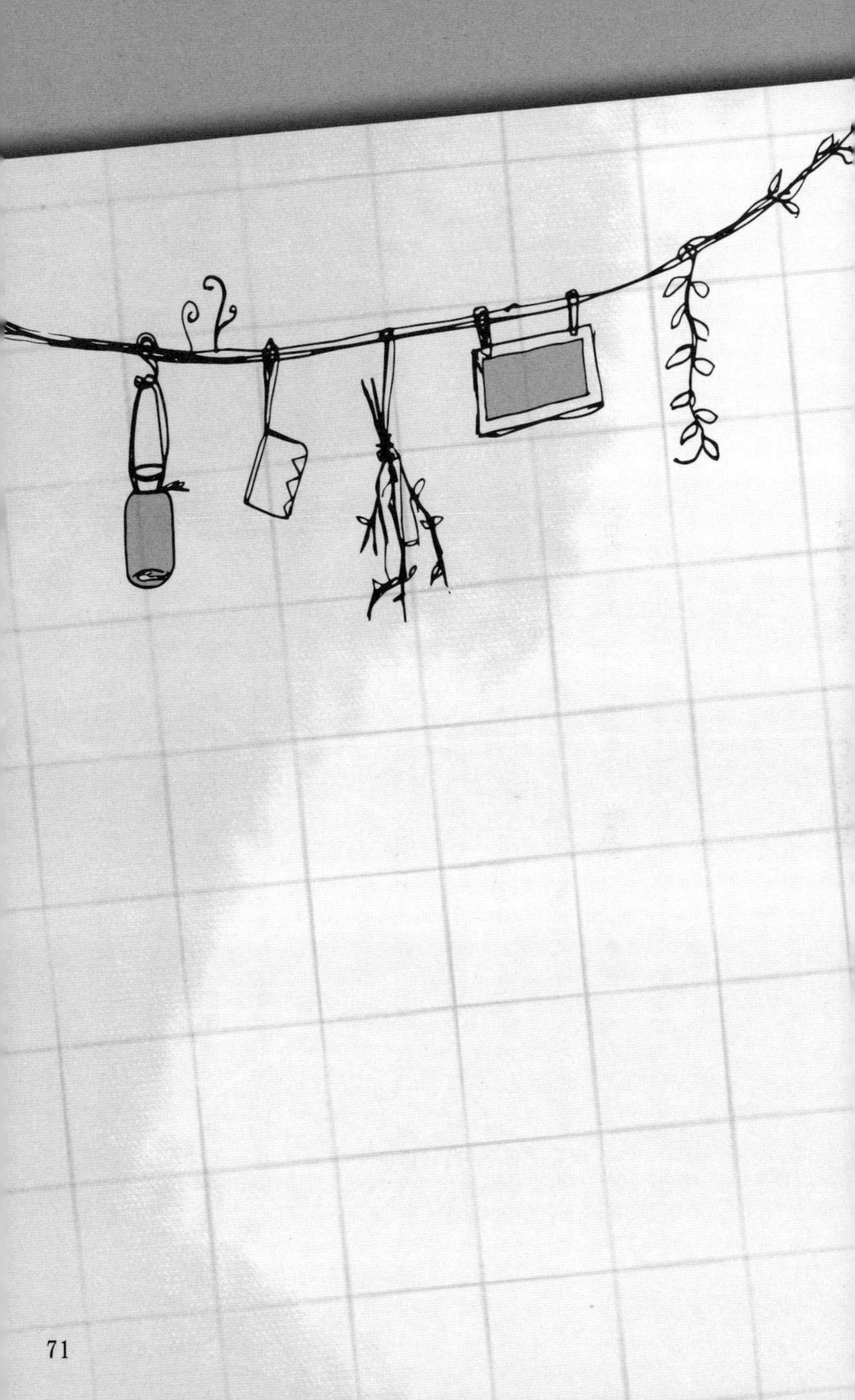

每次有人提及樂兒的音樂天分，不用讚美，不必嘉許，單單提起——樂兒的母親即暴怒不已，這些怒氣也總是出師有名的。依稀記得外婆離世前說過，其實母親年輕時是極喜歡作畫的，初中畢業後跟同學加入工廠工作，沒有時間繪畫，卻仍捨不得丟掉畫具，後來……可惜當時樂兒年紀太小，無法清楚記住外婆的話，現在又因為避免觸動母親敏感的神經，所以一直以來都強壓住好奇心，不敢主動求證。

至於父親，在父親面前，她也是絕口不提街頭表演的事。那年一家人到台灣旅行，在淡水看到許多街頭藝術家，跳舞、唱歌、繪畫、魔術、手工藝，甚至一動不動的行為藝術，各擅勝場，像個繁華熱鬧的藝墟。午後與黃昏交接的時間，海上粼粼波光拼貼出不同深淺的橙黃，鋪成一大塊溫厚的野餐桌布，桌布上停步細賞的人不算多，即使有，也是三三兩兩聚攏談論指點，或舉機拍照（或許有至少一半是立即把影像上傳到各種社交網站的所謂偽文青，不過能夠被流傳，也算是好事。）天空漸深漸暗，藝術家們看起來仍有自得其樂的寬容。

有人放了一塊錢幣在人像前的小木碗裏，本來呆立的、全身抹上金漆的瘦小高個子立即扭動筋骨跳起霹靂舞，每個關節都在轉動，方方正正的骨骼和工整的肢體動作，竟讓人想到扭計骰，活生生的魔幻方塊。這下子牽動了周遭許多人的神經，大家分散式地靠向金漆舞者，紛紛駐足觀賞，不時發出陣陣的歡呼聲起鬨。約莫幾分鐘後舞步突然停止，人們呆在原地發愣，這魔方成功做出教圍觀者意猶未盡的效果。又一人忍不住立刻掏錢包打算丟下錢幣的同時，父親也冷冷地丟下一句：「新潮乞兒」，然後繼續雙手交疊胸前，別過臉去往前走。「新潮乞兒」這稱呼，深深的紮痛了樂兒的心。

樂兒的前男友史提芬也是玩音樂的，起初他們因為音樂走在一起，最後也因為音樂而意見分歧。樂兒讀視覺藝術系，史提芬讀工商管理學系，他們是在大學要求學生必修的電腦課上認識的。第一節電腦課，教授已經要他們提交課堂習作。史提芬遲到，匆匆走進電腦室就拉開樂兒身旁的椅子坐下。樂兒對於電腦可說一竅不通，教授講解每個步驟，她都不敢分神。史提芬並不在意電腦課，他覺得只要及格就夠，所以他爽快地完成並上載習作，其他時間都只顧用耳筒上網聽歌，一邊聽，一邊看着聚精會神地聽課卻仍然做錯的樂兒。

以後每節課，史提芬都坐在樂兒旁邊，快速地幫她完成習作，然後一起上網聽歌。

後來，樂兒跟史提芬和他的兩位朋友一起在街頭演唱，每星期五、六、日三個晚上，他們都帶備器材到不同地方演唱，例如天星碼頭、上水天橋、旺角火車站等等。圍觀者數量飄忽，反應各異，有的人會舉機為他們錄影，有的人會站着細聽，有的人只匆匆走過，不論怎樣，樂兒非常享受這些時光。她以為，終於找到支持她玩音樂的同道中人，雖然很疲勞，但她享受和同路人共有這種一起燃燒的疲勞。

忘了從何時開始，史提芬在演出時打開小提琴盒讓人投下錢幣，好幾次樂兒跟史提芬說明她的意願，史提芬都不置可否。

星期日演唱完畢，各人收拾器材的時候，史提芬點算金錢時埋怨：「香港人全都不懂音樂，或者說他們都不重視音樂。唱了一晚，這少許錢都不夠我們吃夜宵。站着聽的時候懂得享受，又不會付出，難道我們這些真心玩音樂的人不用吃飯嗎？乞兒賺得的錢也比我們多。」

「乞兒」這二字，深深紮痛了樂兒的心。

在史提芬的持續埋怨下，樂兒剋制地說：「如你所說，我們是真心跟人分享音樂的，不要計較，反正我們都有正職，玩音樂又不是要賺錢。」對史提芬的牢騷，她相當反感，尤其那句「乞兒賺得的錢也比我們多」，令人極度厭惡。

「這不是賺錢，是看這些冷漠的人願意為音樂、為藝術、為理想付出多少！每星期三晚街頭演唱難道不辛苦嗎！」史提芬的突然發難令樂兒反應不過來。

半晌，樂兒把所有東西都收拾好後道：「如果我們真的為藝術、為理想，不如以後純粹分享音樂，把小提琴盒收起來，不收分毫吧！」

「你這話是什麼意思呢？」怒吼過後，史提芬揚長而去。

自從史提芬決定在樂隊演出時打開琴盒放上「$$$請支持音樂$$$」的紙牌時，樂兒就覺得和史提芬的距離開始遠了，或許走到這一天，也是早晚的事。

那夜之後，四人再沒有一起在街頭演唱。

白天，樂兒繼續過枯燥的辦公室生活，有時下班後帶輕便的裝備到天橋上唱一小時的歌，再趕在十點鐘之前把音響帶回辦公室收藏。爸媽依舊問她為何夜歸，以前她說去拍拖，現在她會說加班。

和從前一樣，有人録影、有人圍觀、有人唱和、有人經過，只是不曉得是否選唱的歌的緣故，她有時會覺得，自己的歌聲，愈來愈單薄。

選擇

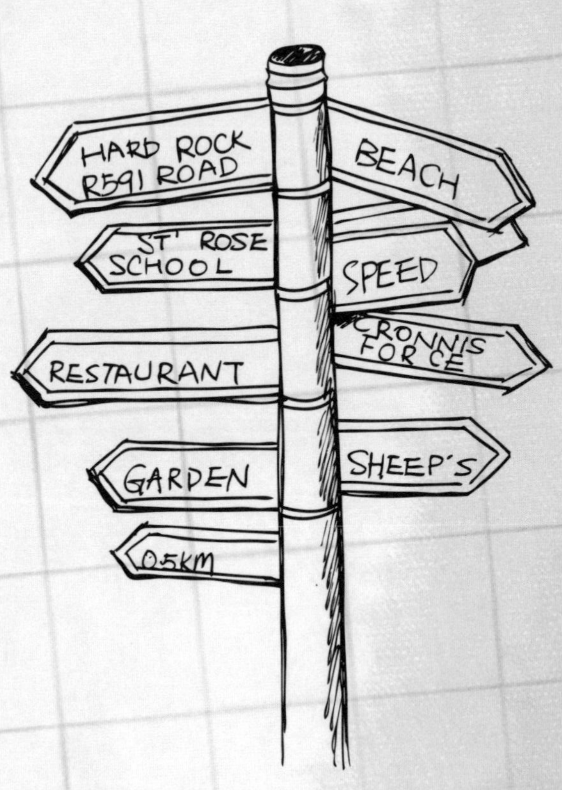

HARD ROCK
R591 ROAD
BEACH
ST' ROSE
SCHOOL
SPEED
CRONNIS
FORCE
RESTAURANT
GARDEN
SHEEP'S
0.5KM

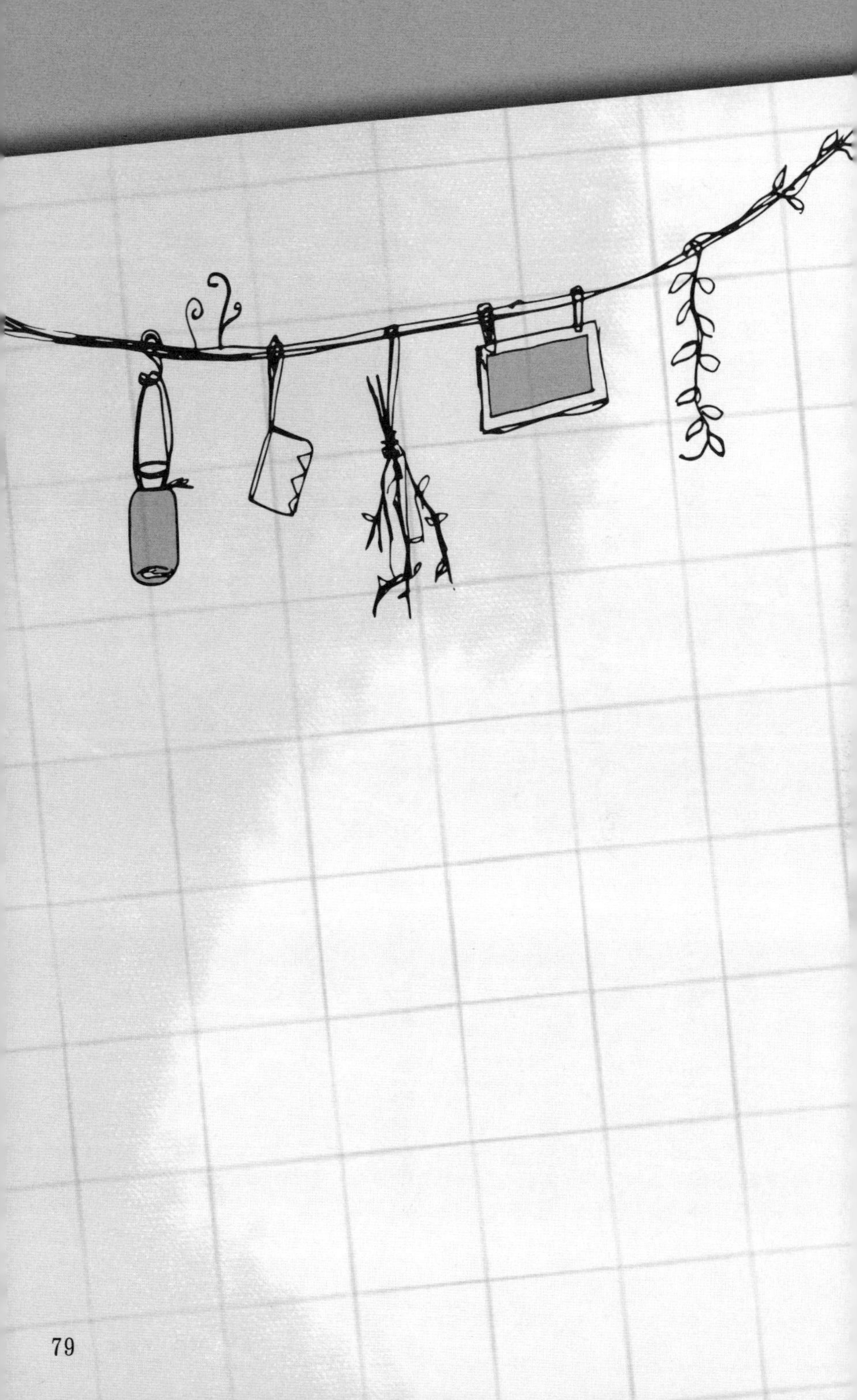

「還未賺到錢便被抓了送回國，我覺得好丟臉！」

「快把電話收好吧，不然待會你的手機會給他們沒收的！」

「我是來抓你回去的，不是你的姊妹，難道你以為我穿運動裝開工嗎？」

「姐姐」尷尬地掩面失笑，車上的一堆人笑得人仰馬翻，本來已經不怎麼緊張的氣氛，此刻就更輕鬆了。

今天的行動就是去賓館查證，帶走持旅遊簽證「開工」的「姐姐」。魚仔一直很抗拒用拘捕、捉拿、逮捕等字眼，她覺得這些詞太強橫了。

魚仔有時難以理解為何這些「姐姐」們要用這種方式「搵食」，雖然大家都說「搵食艱難」。執勤的時候，她見過一些年輕的、樣貌娟好的青春少艾，也遇過中年婦人，甚至是已有丈夫、兒女的。每次聽到類似「家裏要錢，這樣賺錢收入雖不算可觀，但勝在夠快，有何不可？」的答案，加上「姐姐」若無其事的平淡表現，都令魚仔的同情心拉扯得更緊。

她不時想起大學二年級時修讀的「魯迅研究」課，課上讀過一篇散文詩〈頽敗線的顫動〉。尤其見到那些臉容憔悴的「姐姐」時。家人都曉得他們用什麼方法賺錢嗎？生而為人，誰不可貴？何以上天如此安排，逼得人用這種方式掙扎求存？如果沒記錯的話，篇中那位婦人，為養活年幼兒女，忍受極大屈辱，逼於無奈出賣身體賺取微薄的金錢，勉強拖拉着維持生活，當中經歷過的心理掙扎得如何表述？最後兒女長大成人，卻嫌棄母親，甚至把她趕走，對母親的養育之恩並沒半點感念。當時魚仔讀到魯迅的這篇作品，百感交集，極為憤慨，既同情文中婦人，亦鄙夷其子女的所作所為。篇中所指向的自然非單一記事，而這亦正正是教人悲憤的現實，坦誠無私的付出換來無情冷漠的唾棄，教人情何以堪？魚仔一直不認同為錢出賣身體，這是尊嚴——肉體的尊嚴、靈魂的尊嚴。即使讀了這篇作品，她仍無法認同，不過，從此她對這樣的情況多了一點思考。篇中那婦人有選擇用其他方式賺取金錢或糧食的可能嗎？也許因為兒女，她才咬緊牙關幹活，如果婦人已經了無牽掛，說不定她寧願死。魚仔寧可這樣相信。

只是，如果是現實逼使他們要以此維生——而非出於個人本意，魚仔絕不願對他們有半點同情，因為這種為親人的犧牲是何等強大，配得崇敬尊重。每次見到「姐姐」，魚仔都不由自主的幻想、打聽他們投身此行業的原因。

有些同僚看到魚仔和「姐姐」聊天，聽「姐姐」述說身世時聽得眼眶濕潤，會說：「你太年輕了，我們不過來執法，不必感情用事。沒有證，把她帶走，就這麼公式化的程序，不必自尋煩惱，過些日子你就習慣了。」

辦公室裏，手足跟「姐姐」們閒話家常，難得的是大家都若無其事似的，連已經被「抓回來」的「姐姐」也沒多大感覺似的，談笑風生。這就是苦中作樂的豁達嗎？

「其實這些『姐姐』也挺有人情味的，你看，她即使被抓了，同一車上，和你不相識，仍不忘提醒你收好電話。」

「和姊妹分享經驗嘛！」

雖然這位「姐姐」有人情味，但魚仔還是無法接受她的價值觀。

「唉，還未賺到錢便被抓了送回國，我覺得好丟臉！」「姐姐」重申。

「可能上天想你轉行呢！」

「我還有很多事情未做呢！本來打算工作兩天再去買包包、買衣服，現在什麼都不用買啦！」一邊抱怨還一邊豎起指頭檢視那些缺角的甲油。

「姐姐」的從容，令魚仔生起無以名狀的厭惡。

「你來工作就是想買這些東西嗎？」

「對呀，先工作，賺了錢才能買呀！」

魚仔閉口不言，將椅子重重地一把推向桌子，逕自往水機去「打水」。這突如其來的砰然巨響使本來輕鬆的氣氛僵住了。

賺夠錢才消費，聽起來倒頭頭是道的，但為了買奢侈品而出賣身體，這又說得過去嗎？他們到底有沒有想過愛惜自己的身體呢？也得想想是否對得起父母！

半晌，「姐姐」又驚呼：「哎呀！我還答應了要幫姊妹買護膚品，這下子叫我拿什麼給她呢！」

「你直接跟她說未開工便被我們帶走了吧！」魚仔應對得相當晦氣。

「怎麼可以呢！他們不知道我做這些事的！」

接下來「姐姐」還喋喋不休的說了很多話，但魚仔都不搭理她，因為魚仔自知心裏惱恨她，而且也無法解釋為何如此在意。

「美女，能不能幫我買瓶活絡油呢？」也許見魚仔持續沉默，「姐姐」拉了拉魚仔的衣袖道。

「不。」

「唉，我得帶回去給我媽。我媽有關節痛，千叮萬囑一定要我幫她買藥油。怎麼辦呢？行個方便可以嗎？該怎麼辦呢？那種油很好用吧？」

「跟你媽說，藥油太好賣，都賣光了。」魚仔忍不住續道：「你媽以為你只是來觀光購物吧？既然連說都覺得沒面子，何必以此為業呢！」

餘下的時間，「姐姐」不發一言。

送走「姐姐」後，上司在回程的車上說：「其實並不所有人都有同樣的價值觀，同一件事，即使我們以為那些已經是明確的大是大非，甚至是普世價值，但……又或者應這樣說，如果不知道別人過着怎樣的生活，不瞭解別人的背景，我們又哪有資格輕易論斷誰是誰非？人生在世，你我各有辛酸，不令人尷尬，也是我們應有的一種專業態度。這一點，我們都要學習，大家互相提點吧！辛苦了一天，大家一起吃夜宵去！」

魚仔心裏知道，上司這番話，其實是對她說的，只是此刻，和其他手足一樣，她也選擇了沉默。

救護站小事

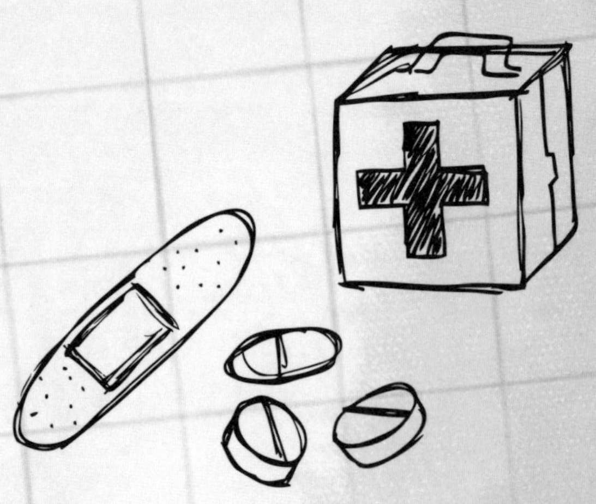

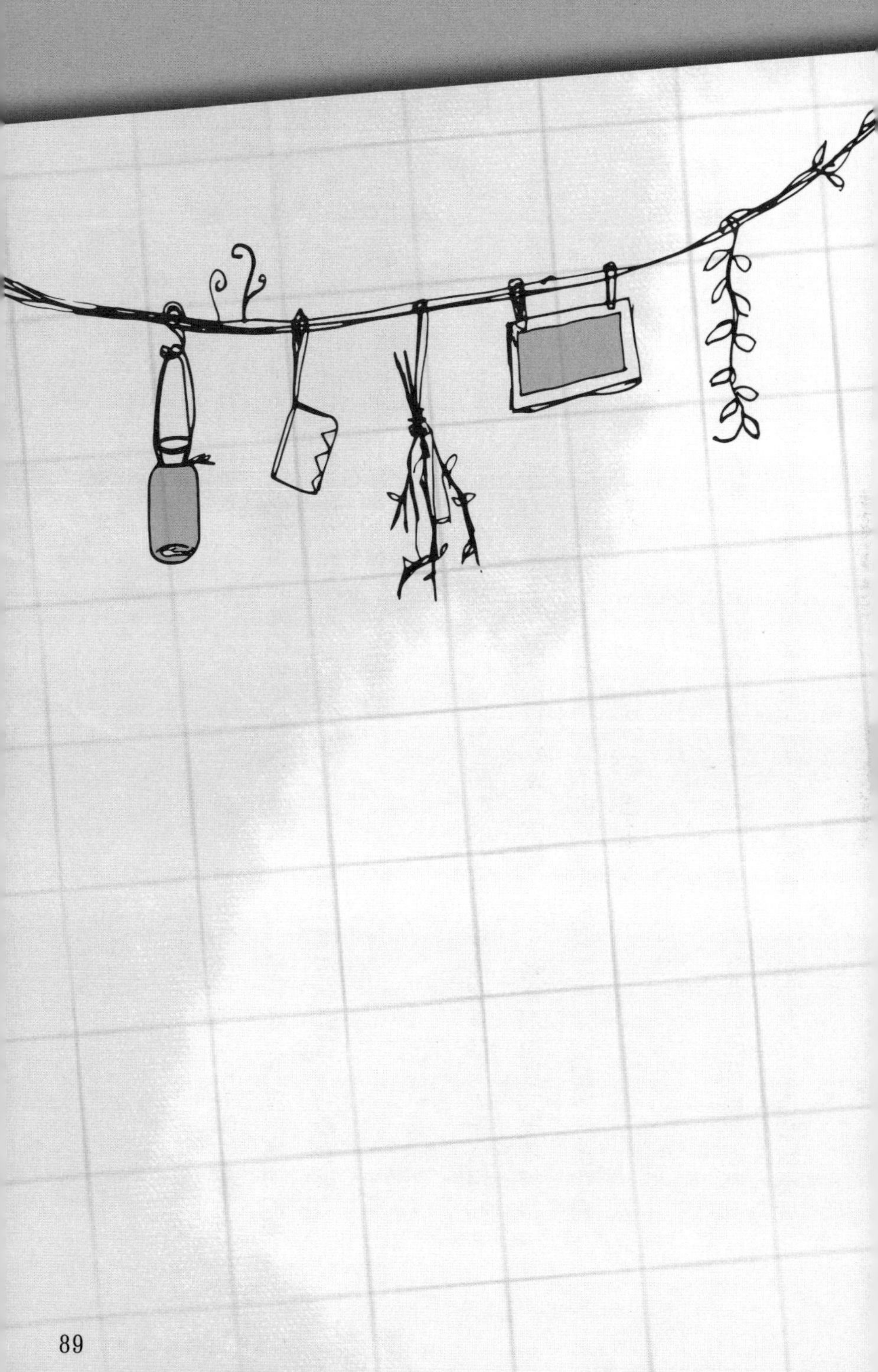

這是老師今天第二次到這個救護站了。

大半小時前她首次來到這兒，和上次不同的是，這回她只能乾坐一旁，因為實在沒有用得着她的地方。十個、八個年青力壯的救生員輪流上陣，為的只是照顧一個鼻血長流的學生。用得着花這麼多人力嗎？她心想，但當然不敢說。人家願意付出過量人力資源來照顧你的學生，還斗膽批評的話未免太不識趣了。

百無聊賴之下觀察張望，看被陽光煎烤得金光閃閃的海洋，看被蒸騰得叫人頭昏目眩的幼細沙粒，看遠處正在堆沙的學生有沒有伺機踢水「濕腳」……這樣的遠觀太漫不經心了吧，在在不像一個負責任的老師。心念及此，又不敢把目光放得太遠太自由。老師這身分，有時也真夠礙事。

起初看到那如流水的鼻血，老師的確有過無比擔心。雖說此等情況已非首次經歷，只是一想到待會撥電話向家長交代的場面，她的頭就隱隱作痛。上星期才和這位極寵溺兒子的家長交過手，幸好經了解後知道是無緣無故流鼻血，非關嬉鬧打鬥，不然故事可長篇了，她這才暗暗鬆一口氣。

無奈的是，如今鼻血已流到一個連學生自己都完全冷靜，甚至覺得不耐煩的程度，老師唯一的任務——安慰都變得極多餘的時候，除了乾坐乾站，她還能做什麼呢？站不是，坐也不是，說話不是，沉默也不是，做什麼都不合宜，偏偏她不能離開半步。

老師想快點離開，不單純因為呆在那兒感覺像寄生蟲，更大的原因是不甘也不忿。救生員們七嘴八舌，使她感到自己的學生（可能也包括她本人）煩擾到他們了。

「老師，看你很年輕，初出茅廬吧！」

「你是中學老師？剛才我不停提醒你的學生不要扔沙，免得要來洗眼，誰知道未洗眼竟先要洗腳！」

今天首次帶「傷兵」來處理腳掌上的傷口時，在哇哇大哭的學生身邊，她至少還能擔當安撫「傷者」的角色，震耳欲聾的誇張哭喊聲令渾身傷痕的救生員極為不屑，「你這嬌生慣養的小姐，看看我們的疤痕才哭吧！」說時忙不迭展示傷疤纍纍的雙膝，黝黑的膝蓋上斑駁的傷痕如圖騰。終於包紮了傷口，不耐煩的救生員們已明示暗示她要好好看顧學生了。第二次來到這裏，聽到一句：「老師，你第一次帶學生旅行嗎？怎麼又到救護站來？年輕人總得受點傷，別管他們吧！」雖則說來笑意盈盈滿臉堆歡，但如此語句，怎不叫人尷尬呢？老師鬱在心裏沒說的一句是：「要不是學生堅持，我倒不想來呢！」

「你把身子前傾，用浸透了的棉花捏住鼻樑！」

「不要一直俯首！傻小子！你這豈不讓鼻血流得更暢順嗎？坐直！」

「血流了那麼久還止不住，你稍微往後仰吧！」

「把這條紗布直往鼻孔裏塞，要塞到盡頭，壓住傷口，感到痛楚就對了！」

「……」

幾個救生員來回點撥，卻不曉得各種方法根本大相逕庭，傷者彷彿成了被擺弄的人偶，時而俯首時而仰頭，還得被那搓揉成幼條狀的紗布搔得鼻子癢癢，連連打噴嚏。大家都出於一片好心，但被這般播弄，學生和老師只得相視苦笑，暗嘆倒楣了。

突如其來一聲洪亮的聲音：「流鼻血還打噴嚏，怎麼可能止血呢！就不會忍一忍嗎？」資深救生員沒來由的光火了，在後面吵嚷，還拋出幾句髒話。老師着實覺得他無理兼無禮，但因為懦弱，最終還是不敢張聲。

「我們這行業工作辛苦，老馬有火，別介意！」環顧四周張貼的招紙「工作冇前景／新人唔入行」、「工時長／冇得抖」、「長期唔夠人手／唔使旨意有得抖」……啊！給學生佈置剪報習作時也讀過這些口號。哪個工作不苦呢？然而即使聽到憤言怒語，一介女流還是不敢回話。師生接過救生員遞來的冰水，滿腔怨恨未除還得賠笑說句：「明白明白。」

「救生員當值／冰淇淋任食」。汗流浹背之時讀到冰箱上最醒目的一張，簡直是德政！想像一下已經暑氣盡消。炎炎酷暑，在炙熱的沙灘上工作，區區太陽傘有何大作為？冰淇淋立時消暑降溫的透心涼是無可匹敵的，雖然，退一萬步來說，這點小「福利」絕對無法徹底撲滅躁動的脾氣。

「再拿些冰袋敷頸背止血吧！」冰箱裏排山倒海的冰湧到救生員身上，明顯是長年未經收拾的後果。冰是冰了，可這些全都是用來敷傷口的冰袋，哪裏有冰淇淋？半晌，滿腹疑竇的老師忽然醒悟：「此冰淇淋不同彼冰淇淋啊！」仔細一望，原來還有兩行小字：「Lifeguard on duty looking for beautiful body」。「噢！」是苦悶工作中互相安慰、自我激勵的一種獨特文化吧？「冰淇淋」，原是可圈可點的美麗誤會。這種歧義，讓老師心裏閃過極微量的一絲尷尬。她自覺無知，慶幸不會有人察覺到她的這種無知。這何嘗不是語句歧義帶來的小小幽默？「尋找美好身段」——天曉得是自己還是別人的身段？

學生的鼻血終於完全止住，已經是約莫一小時後的事了。看着救生員分別蹲下來把大堆「冰淇淋」塞回冰箱、包紮好滿瀉的垃圾、沖刷血跡斑斑的水泥地，老師衷心的道謝，感謝救護站全人的仗義幫助，也暗自祈求這是最後一次來到救護站。畢竟再來一次的話，她的臉皮和學生的鼻膜，都不夠厚呢！

醫院道上

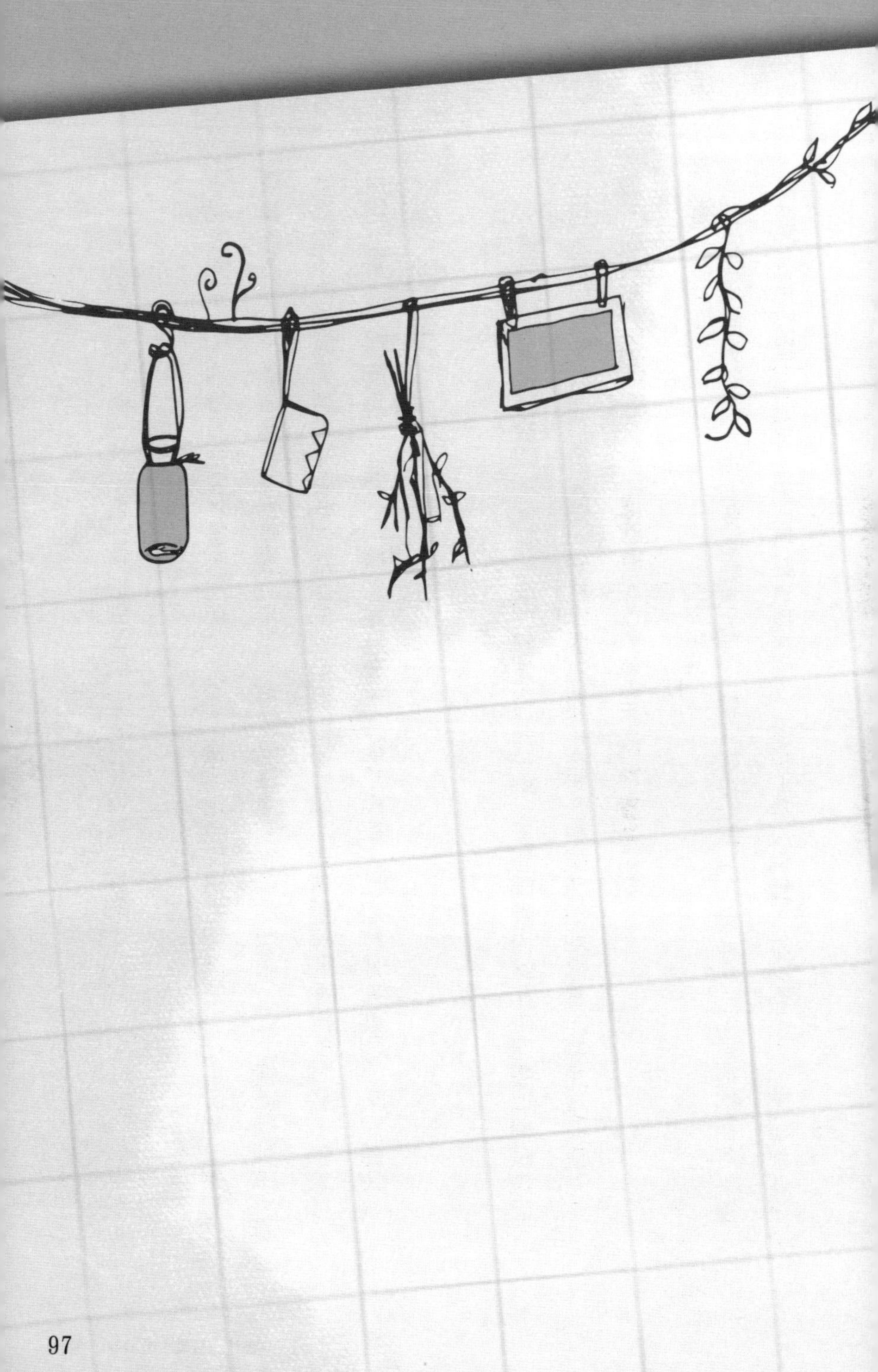

美意向來怕病榻，她一直都害怕到醫院，不論是看病或探病。

這陣子，大約每星期會到醫院探病一次。下班後走小段路去鐵路站，在這段約莫十五分鐘的路程上，美意總會邊聽歌邊急步走，希望儘量剋制多餘的想像。登上擁擠的列車，讓路軌不停接駁兜轉並將她送到離目的地最近的小巴站，再讓情緒和小巴一同躍上顛簸的馬路上飛馳。可能是伊利莎伯，可能是瑪麗，可能是東華，也可能是瑪嘉烈，所以這段飛馳的路程有多長、多轉折，實在說不準。

鐵路上是嚴禁飲食的，從前追趕幾份兼職的日子，美意偶爾也會在車廂裏悄悄咬幾口麪包，奈何現今資訊科技發達，網絡世界流通，人手一機隨時隨地攝錄，為免成為影片主角，絕大部分乘客也不敢違規飲食了，美意也不例外。

如若在醫院的這一路上要吃麪包的話，就只好在小巴上「處理」，或者提前在搭乘鐵路前的急步路程上草草了事。無論選擇在哪一段路上解決晚餐，分別都不大，因為那些所謂晚餐，也不過是例行公事，對口腹來說，實屬可有可無。有時在手袋裏掏出那個壓得扁扁的甚至變了形的麪包，就更倒胃口，吃掉它也不過為了不想浪費。

下車前，口罩早已被握在手裏，準備就緒。

每次進入病房前，美意都先用潔手液搓揉雙手，來回洗擦最少一分鐘，連藏在指縫間不可見的細菌都必須徹底洗淨。寒冬裏這一分鐘讓來自雙掌的冰冷透徹心脾。有時她忘了捋起兩袖，從水龍頭湧出的水噴灑得衣袖濕答答的，那種濕冷叫人好不自在。抹乾雙手後，又用右前臂按按酒精消毒搓手液，左掌彎彎[illegible]成一個小窪，確保搓手液能準確地落入掌心。兩掌來回搓揉，酒精全面覆蓋手背手心的同時，許多隱藏的小小的傷痕自然泛起淺淺的紅色，刺痛若隱若現。偏偏在乾燥的冬天裏，輕易就割出微小的傷痕，尤其每天在辦公室翻揭紙張，鋒利的紙邊不着痕跡地在手上割出看不見的傷口。

友人的母親說今早來探病時，問過護士可否為病人多添一張被褥。護士說好，木無表情地：「待探病時間過後就拿來。」結果現在，病榻上怏怏的病人，手掌腳掌還是冰凍的，棉被大概仍待在某個雜物房中。奔走多間醫院，美意覺得，要數這家環境最惡劣、醫護人員的態度傲慢且冷漠無情，奈何只敢怒不敢言。

地上一隻橡膠手術手套、一個用過的口罩顯得分外刺眼。鄰牀病翁的牀頭櫃上，塑膠水盆裏沾染斑斑血跡的紙團滿溢，老人一陣猛烈咳嗽，吐一口痰，紙巾染紅，紙團堆成的小丘搖搖欲墜，幾個紙團不知何時已在櫃邊凋萎。

嘔吐物在盆子裏不動聲息地攪動旁人的腸胃，「不要拿走！等病人待會吐完再倒，這樣一吐就倒，整天下來要倒多少回？」也許是美意敏感，她覺得護士的語氣在嫌棄中更摻雜教訓。

「醫院本來就多病菌，有心來探病便莫挑剔。」端視病牀上昏迷的友人之際，美意用眼角瞄瞄姑娘的名字，牢牢記住，即使她深知不可能投訴。雖然明白醫護人員也是血肉之軀，必然有情緒，只是如果沒有愛心，委實不應擔任這工作。

「你年輕好視力，可否幫個忙？」伯母紅着眼。美意接過指甲鉗，在病牀上鋪好紙巾，戰戰兢兢地抖着手為那冰冷的手剪指甲。得、得、得的響聲，每一下都那般清晰。差不多一個小時了，仍然沒看到友人張開眼睛。

接近八點鐘，探病的人又在病房內窄窄的洗手盆前排隊輪流洗手，這樣的清洗、消毒方式，進入病房前一遍，離開病房時又一遍。美意覺得每一遍探病帶來的痛覺彷彿都拉扯住心臟，順住血管的流域蔓延全身，而這潔淨消毒的程序就是痛楚的源頭。有時抵不住咬噬得人渾身發麻的痛，跟病榻上的友人道別後，美意會藉故走到遠一點的洗手間，把水龍頭擰到最猛，澎湃的水柱猛烈地衝撞雙手，彎腰檢視混在水花裏的難以察見的傷痕，激起的水模糊了眼眶，淚水就順勢滑落。

在回程的小巴上，美意遏止不住的思緒使她頭痛欲裂。「鄰牀的老伯實在可憐，聽說自住院以來從沒有人探望他。他前幾天還活動自如，昨天開始，竟突然連湯匙都拿不動了，難得你願意餵他吃米糊。」友人的母親說着，靜靜抽泣。其實他們都極度害怕面對死亡，她無法安慰此刻坐在身邊的伯母，因為連她自己也無法說服自己最近的探病只是純粹的探病。每一趟，彷彿都是最後一趟。好友真的即將步向死亡，沒有人敢提，但沒有人不知道。死亡的陰影如斯巨大，當死神選中一個人，這個被選中的人身邊的親好，都一同落入龐大的陰霾之中，誠惶誠恐。

小巴再次在黑夜的公路上疾馳，美意才想起手袋裏咬了幾口的麪包，只得把它扔進垃圾箱裏，浪費一次。

「原來你還未吃飯嗎？」在車站分別的時候，伯母拉着美意的手，顫抖着嗓子道：「今天醫生說，可能我們多來幾次，就不用再來了。」美意假裝沒有聽懂此話背後的意思：「對，很快就會好起來，明天見。」

美意恨自己始終不忍心直面現實，她怨恨自己的軟弱和無能為力，閉上眼，汩汩流水自水龍頭湧出，刺痛的感覺又再透徹心脾。

紮鐵

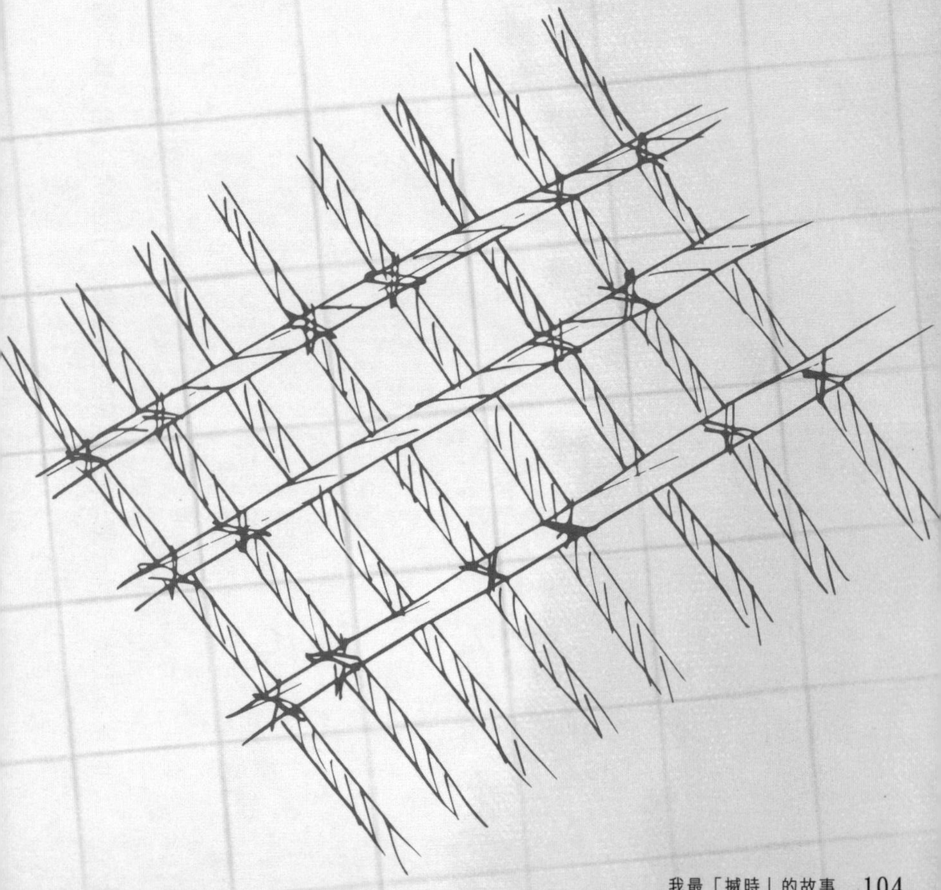

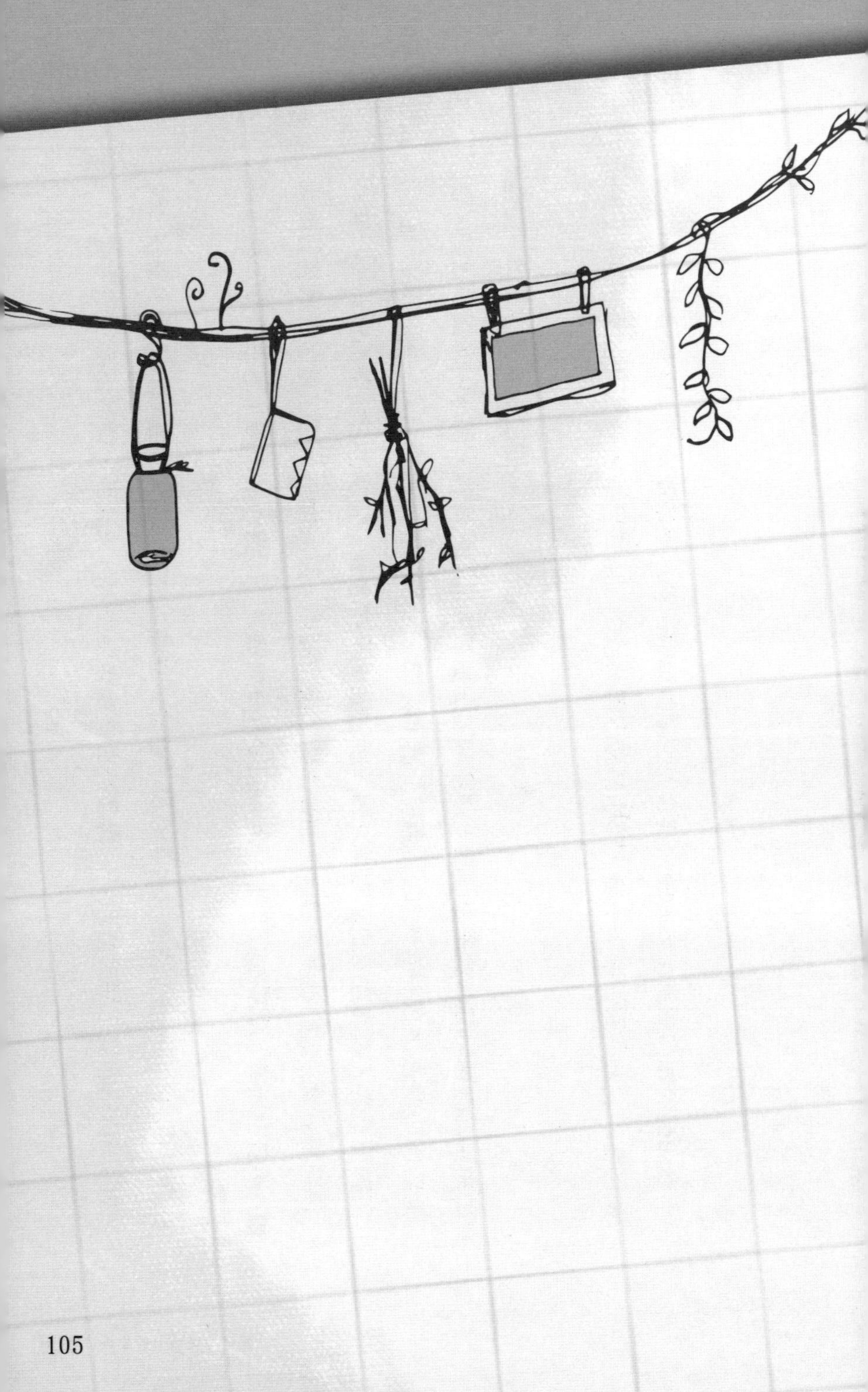

他們都叫他去紮鐵，而其實大家都把紮鐵看得太輕鬆了。到地盤走一轉但求混兩口飯吃，不需多講已自覺微小，無論體格、身型、食量，甚至手掌的粗糙程度。

從走出校門的一刻開始，他已沒想過要走回頭路。讀完中二已是極限，每天回校呆在課室中都覺得浪費時間、虛耗光陰、浪擲光陰、蹉跎歲月。他特別記得這幾組詞，那次中文課上老師講解同義詞的時候，請他提出一個詞語，讓大家討論有何同義詞，他瞬即拋出「嘥時間」三字，擲地有聲，同學起鬨，紛紛笑他「串嘴」，其實他不過想形容自己的狀態，卻無心傷害了老師。當時老師好像還順道說了什麼一句話有兩個意思之類的說法來打圓場，然而他都無法記起了。

一直深知自己不是讀書的料子，看到老師的窮追不捨，也不好意思耽待太久。他已忘了當天的退學手續是怎樣辦好的，反正都是寫幾個字草草了事，很可能連執筆寫退學信的都不是自己。

今天趁着假日重返校園，他想到要找的，只有從前的訓導主任、班主任和中文老師。要不是校門「更亭」的阿姨叫他填寫記錄簿，他都沒發現原來早已不認得字。「探」字怎麼寫呢？更亭阿姨見他一直轉筆，半晌，主動提出幫忙寫一個字，他不禁笑笑，試圖掩飾突如其來的尷尬，慶幸自己還懂得寫「老師」。

阿鋒離開校園第五年了，聽他說前四年都是混混噩噩地過日子，一天到晚「食、玩、瞓」，日夜顛倒、天昏地暗。到今年總算正式工作，這才有膽量、有面目回母校探望昔日的師長。我無意追問他過去四年發生了什麼事，觸動我的倒是他如今過的日子。

「有天父親問我：『你這樣天天去玩開心嗎？』我想想，好像不呢。他一堆髒話劈頭劈臉轟過來，我只記得一句：『去玩就是要開心，你玩了那麼久都不開心，那玩來有什麼意思？』第一次，我覺得父親的話有道理。」阿鋒說時隱隱牽動的嘴角似笑非笑，輕輕搖頭，仍舊稚拙的神情竟有幾分感歎人生的錯覺。

據說自那當頭一棒震盪了腦袋後，阿鋒便開始找工作。「找工作的波折說來也沒意思。」豪邁地揚揚手，出現過的許多曲折難關便隱去。他的第一份工作是在藥房搬貨，那種專門為出售水貨而設的藥房每天都有搬不完的貨物，貨櫃車裏的紙皮箱像積木層層疊，阿鋒個頭高，但貨物堆得比他還要高。把一堆沉甸甸的紙箱都搬到貨倉的過程就變成玩俄羅斯方塊了，左堆右砌，在有限的空間裏極力找些空位填塞。雖然是出賣勞力的工作，但小夥子覺得這樣還是比讀書好。「那個老闆人不錯，中秋節每個員工都分得兩盒月餅，過年也有大利是。平日在店裏搬貨搬得汗流浹背，菊花茶、五花茶可隨意喝，我每天涼茶當水一樣喝到飽。」

唯一缺點是人工低，「每到月底必定清袋！」過年後不久，阿鋒就轉行做地盤工人了。

「阿叔跟我說，自己人，未夠十八歲也沒問題，連平安卡也不用考，走入地盤就能上班！我二話不說就答應了，每月八千元，比窩在藥房要多二千多塊呢，反正都是搬搬抬抬，到哪裏搬都一樣。」

「傻孩子，平安卡都沒有簡直毫無保障，太危險了！」

「是親阿叔呢！阿叔拍胸口說自己人沒問題，哪有這麼多意外？電視廣告都是嚇人的，我們去工作，有頭盔又有安全鞋。」

在社會打滾了幾年，想不到阿鋒還是從前那天真的孩子，且不說會不會動腦筋，那種別人說了就信的性格一樣沒變。

「不過現在我又沒在阿叔那兒工作了，太遠，天天由新界到港島上班，吃不消。唯有趁剛好夠十八歲，考張平安卡，我從沒試過那麼怕『肥佬』呢！」

阿鋒說他在工地裏最大的得着就是學會忍。「那些大叔個個粗口橫飛，不同時代的、聽過的、未聽過的統統罵，像作文一樣！」初來乍到，年紀又輕，自然不敢回話。我倒欣賞年少氣盛的阿鋒能時刻自我提醒要凡事忍讓。

「不過真的比在藥房搬貨累，現在千萬別讓我吃菜，吃菜沒力氣，一定要啖啖肉！我吃過最便宜的自助餐，三十二元，滿滿兩張長桌的餸菜，雞、牛、豬甚至羊都有，還有吃不完的白飯，人人吃得肚滿腸肥，胃都像要炸開，那是專門做給『咕喱佬』吃的。」

「以後都會『做地盤』嗎？」

「我不怕辛苦，只怕沒本事。給你看張照片，是偷拍的，我無法想像自己會有他們的本領和韌力。」照片中一隻粗糙的大手，指頭彎曲，關節腫脹，乾燥爆裂。「他就是名副其實的『紮鐵佬』了！不知哪天我的手臂才有他們的那麼粗！和一班『紮鐵佬』吃飯，擁擠得像把自己摺起呢！那時我要走，幾個老師都叫我去紮鐵，我也希望有天我這『咕喱佬』能鍛鍊成有分量的『紮鐵佬』，人工起碼雙計呢！」

「行行都辛苦，但行行出狀元，最重要勤力踏實，萬事注意安全！」

「老師你和以前一樣，我沒有忘記你為了一篇文追逼我兩星期，我就是由那時開始佩服你比『大耳窿』還長氣！」

把「訪客證」名牌交還給更亭阿姨，阿鋒猛然想起正式退學前的某天，中文老師在小食部找到剛完成重測的他，和今天一樣，伴他走了小段路。記得當天跨出校門後，老師掏出一封信給他，那封信長長的，每一個字，他都認得。

還差一點點

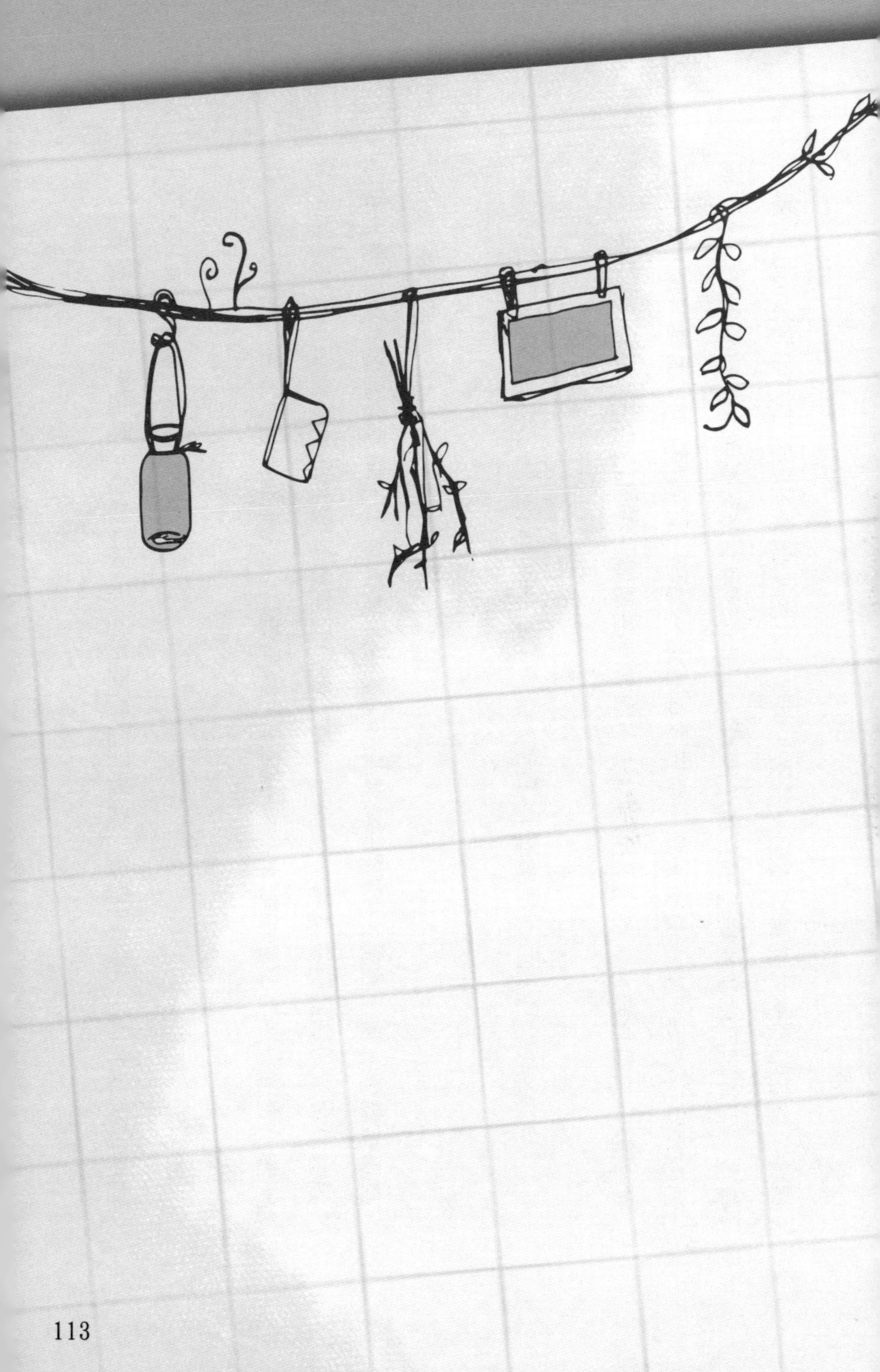

「爭啲啲，我爭啲啲，唔關你事。」是健志的口頭禪，每個工作天，他起碼要說這句一百次，甚至更多。

健志每天工作八至十小時，除了嫁娶旺季，一般平均每天為二至五對新人拍照，視乎客人點的是哪一份攝影套餐。因為公司與多家酒樓、酒店是合作夥伴的關係，許多來拍照的新人都只會點選酒席附送的免費套餐。不過，不論為多少對新人拍照，都不影響說這句話的次數多寡。

以前他只會說「仲爭啲啲」、「爭少少」、「唔係咁」、「麻麻地」，甚至「好唔得」。

「你令客人滿意，他們才會加錢買相！他們不加購的話，你拍一大堆有何用？動不動批評客人『爭啲啲』、『麻麻地』，你想人覺得滿意也難！對人寬容一點，收起你的藝術家脾氣，已經不是第一次被客人投訴你的態度令人緊張，難以拍出效果理想的照片了。對你不滿，拍出來的照片自然更不好看；相片不好看，自然不願額外購相；不願多付錢，公司自然沒錢賺；公司沒錢賺的話後果如何？這麼簡單的連鎖效應你都不明白嗎？你動動腦，想想自己的荷包，想想那份佣金！你看看積奇，在他手上，沒有一對新人不加單，加個十張八張更屬等閒。這樣對公司好之餘，對他自己也有益處。你也知道如果不是拍免費餐的話，一定有更大的發揮空間，但你看，以你和他的表現，要是有這樣的機會，公司會把這些機會安排給誰呢？」

積奇拍的照片有什麼好呢？沒構圖、沒美感、沒個性、沒風格、公式化，全部扭腰翹臀搭膊頭、親嘴閉目裝情深。一式一樣，完全沒有個人風格可言，更遑論獨特性。要數唯一的賣點就是夠典型，別人沒有的不必奢望有，別人有的，一定有。健志不明白，為何一定要拗腰扭頭挺胸收腹呢？何以新娘子一定要濃妝豔抹、厚厚「批盪」、兩、三層眼睫毛呢？有時健志刻意營造虛無飄渺的意境，把人像拍得朦朧點，新人面目模糊點，捕捉他們最自然的神髓，偏偏新人們十居其九問為什麼不乾脆拍剪影？有時健志趁二人對話時拍照，希望強調生活感，又會被嫌取材太馬虎。每對新人都說怎樣怎樣的姿勢、哪種拍法才「有feel」，而其實真正曉得何謂「有feel」的，又有幾多人？難道一式一樣就叫「有feel」嗎？從前健志以為攝影好歹也算是藝術，要拍出好照片，器材是其次，攝影師的觸覺和對美感的執著才是至為重要的，入行後他才發覺，自己可能一直誤會了何謂藝術，誤會了新人們對人生大事的美的追求。

半年後就是女友的三十歲生日了，記得女友說過，要是到了三十歲健志仍不迎娶她的話，他們就要分手了，因為女人青春有限，剩女、敗犬等名詞鬧得滿城風雨，到了人老珠黃的時候，女人就會「跌價」，叫價能力被歲月的利刀大大削弱。健志雖覺得這想法極度幼稚，但每次談到這話題他都不敢多作聲，因為他明白女人都需要安全感，一紙婚書的承諾，換到的可能只是一份安全感，並不等於一輩子的幸福。近來女友總在有意無意之間提到身邊許多人即將結婚了，甚至提到先求婚，一年半載後再結婚的方案。健志不是不明白，不過他選擇了假裝不明白。今年是他在公司任職第七年了，他和女友就是在這家公司認識的，後來那些一站式婚宴公司「挖角」，女友才轉到別的地方工作。

「你要弄清楚重點，你要滿足的是客人的要求，不是你個人所謂的藝術追求。我告訴你，即使你不是在影樓打工，你跳出公司去做『散打王』，一樣要滿足客人的要求！你幸運，在大公司打工，有穩定的收入，『散打』的話，看你七、八月淡季要怎麼過日子？沒有固定收入已是一大問題了，還有一大筆開支，自租影樓、攝影器材損耗、助手工資……全部掰開都是錢！客人要求多多，掣肘多多，為了那幾斗米，你的腰肯定比現在折得更彎！未捱到出頭，連藝術兩個字怎麼寫你都拋諸腦後了。打工仔，要放棄個人主義，太自我、太堅持，對公司、對我、對你都沒好處。」

「健志，你天天替人拍婚照，天天看到新人甜甜蜜蜜，到我們拍婚照時，你總不可能親自操刀啊！除了你之外，公司裏口碑最好的攝影師是誰？難得員工有喜事，又可做生招牌，應該還有優惠吧？你有沒有探聽過？相片賣得最好的仍然是積奇嗎？」

雖然老闆說「散打」一樣要受制於顧客，但他始終想試試。只是健志知道女友把穩定的工作和收入看得很重要，他實在沒有信心說服女友讓他跳出公司做「散打」。

「應該是我們差一點，而不是你差一點吧？你是專業攝影師，不用那麼謙虛啊！」今天的新娘子竟然說了這樣的話，健志笑笑道：「我專業，所以對自己有很高要求，你們姿勢擺得好，要是我拍出半點偏差的話都不能原諒啊！」

「你是專業攝影師，我們要靠你隨時指點才能拍得好啊！」最令健志感到驚訝的是，到今天聽到新人如此說，他竟然像條件反射似的笑着爽快回應：「我是攝影師，最重要還是你們『話事』！」

「爭啲啲，再嚟多個，係我爭啲啲，唔關你事。」說這話的同時，健志心想：「我真的還配得上稱為攝影師嗎？」

路人

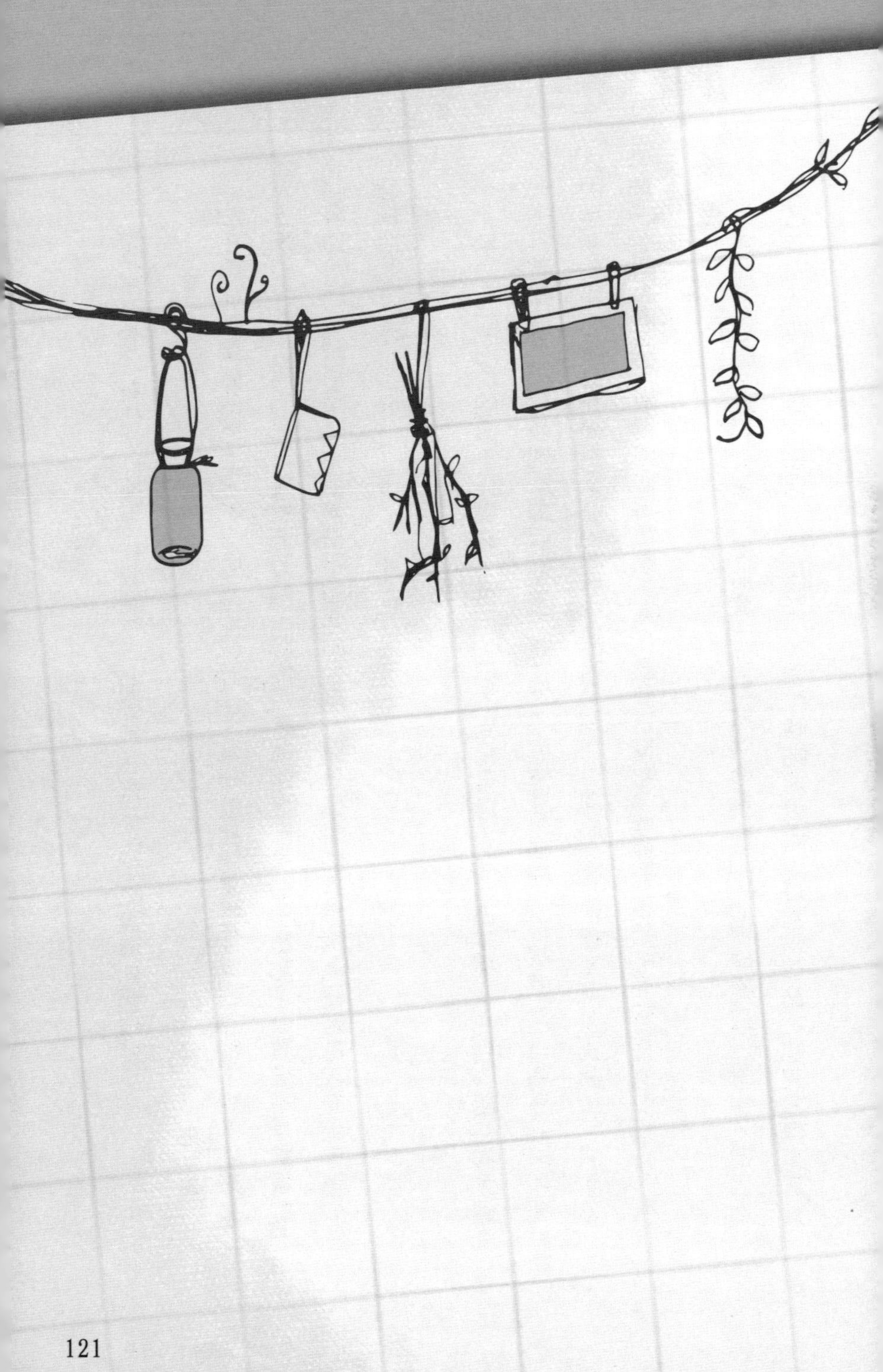

「我常常想，為什麼你總不找我呢？」她偶爾就會在訊息匣裏讀到這句話。

在前往輕鐵站的路上，她又收到這訊息了。為什麼他總是來無影去無蹤？說的話來來去去幾個套路，偏偏每次難過的時候，收件匣裏都剛好出現這句話呢？這難道不是電視劇假裝巧合的老套橋段嗎？她從來不相信肥皂劇，只是這樣的巧合漸漸使她每次想哭都第一時間想起他。

半個月前她真的忍不住撥通了電話，但不到兩分鐘，淚已流下來，她立即胡亂找了個理由掛斷電話。掛線後她瞬即收到訊息：「你不開心嗎？很開心你找我。」「對不起，不是因為你不開心所以我開心。」「我開心是因為你在不開心的時候想起可以找我。」開心不開心不開心開心，看得她心煩意亂。為什麼要道歉呢？要說對不起的應該是誰呢？

她無法忘記，他們曾經只差那麼一點點就成為情侶。在他極度進取的時候，她因為莫名其妙的膽怯一直往後退，無止境地、手忙腳亂地後退，退到一個點，她突然覺得其實可以放膽試一試，反正沒有什麼不可以輸。她第一次主動給他打電話……始料未及的是，到他後退了，毫無預兆地突然消失，像人間蒸發，結果二人就陷在這種進退失據裏失去聯繫。她剎那的意亂情迷，在給他發了一個得不到回覆的訊息後急速降溫。不能說可惜，只能嘆命運和緣分永遠無法掌握。從此，她失去了開始這段戀情的勇氣，決心與這個人保持最安全的距離。她以為自己因為這種無聲的拒絕受傷了，事實並沒有。或者，從未開始，他們的相處會更好，更自然。至少不用在開始之後，才發現根本無法相愛，要割裂一段關係，從來都很容易。

後來他無故又出現，若無其事地再次闖入她的生活圈子，再次積極地展開追求攻勢……她堅持淡然處之。他嘗試努力改變，她是知道的。有一段日子，他甚至天天用不同的方式「出現」……但她始終無法放心、坦然接受這個人。她太害怕、太抗拒這種不安全感了。她仍然覺得沒有什麼不可以輸，但痛恨這種隨時出現又隨時消失。如果要長期與這種性格的人相處，她清楚知道自己一定會因精神緊張而抓狂。然而，這幾年間，每當她感到做人太疲累的時候，他還是那麼肥皂劇式地及時出現。

當她發現自己錯過了下車的車站時，再次收到他發來的訊息：「不如你告訴我發生了什麼事好嗎？我會陪伴你。」

電話響起，她的淚流得更兇了。

關掉電話之前，在訊息欄上打「失戀了」三字時她已泣不成聲，送出訊息之前又趕緊擦去。嚴格來說，這並不可以算失戀，只是發現第三者，發現被背叛。男友的身分仍然是男友，不知道自己和第三者的事已經曝光，甚至可以繼續寄來情話綿綿，如浪的溫言暖語只教她覺得在情感的汪洋裏孤獨地觸礁，吃力地掙扎，在未知何時會溺斃的恐懼裏手足無措。燈火通明的車道上，從來沒有一張臉讓人完全看得清。阿Q一點想，如果說男友不忠並把她蒙在鼓裏，那麼，她沒有當面揭穿他，甚至假裝不知情，能不能說成反過來把他蒙在鼓裏呢？彼此蒙騙，當「打個和」，會否公平一點？

他永遠不曉得，她不找他的原因是因為她心裏着實相信這男子也許真的死心塌地地喜歡她，容得下她的情緒，也樂於包容她的眼淚，因此她更刻意在每次傷心時都提點自己，必定要抑止住「找他傾訴」這個想法。因為她並不愛他，在難過的、難熬的、孤單的時候想到他，可能不過是想找一個不可能被拒絕的港口，或者一個充滿氣的浮泡。但這種「有事鍾無艷」的做法太自私了，她不願背負「自私」這可恥的罪名，她不願鄙視自己。

對一個默默守望的追求者說自己的戀愛故事，無論是喜是悲，都太殘忍了。理智再三提醒她，就因為一直以來的節制，因為一直沒有跨越的障礙，一直沒有縮窄的距離，所以在軟弱的時候，更有剋制的必要。如果每到淚流披面的時刻就去尋求安慰和陪伴的話，實在是存心利用他，利用了他對自己的愛了，這是不應該的。畢竟任何人對另一人的愛，都是不應被利用的，與其說她恨他每次及時的出現使她更軟弱，不如說她恨自己縱容內裏的脆弱。

世上所有事都像這輕鐵走的循環線，有些人令你傷心，你又令一些人傷心，周而復始，環迴往復。在團團轉的道路上思前想後，實在沒必要把自身的痛苦轉嫁到別人身上，畢竟生命是無路可退的單行道，所有人都不過是過路人。

下車之前，她決定用最平靜的字詞回覆他——「謝謝你」。謝謝你這三字，原是無比沉重，然後，再打了三個字給男友。

「分手吧。」

寄出沉重的訊息，如終於放下沉重的包袱，步出車廂，走向輕省的通衢大道。

拐彎

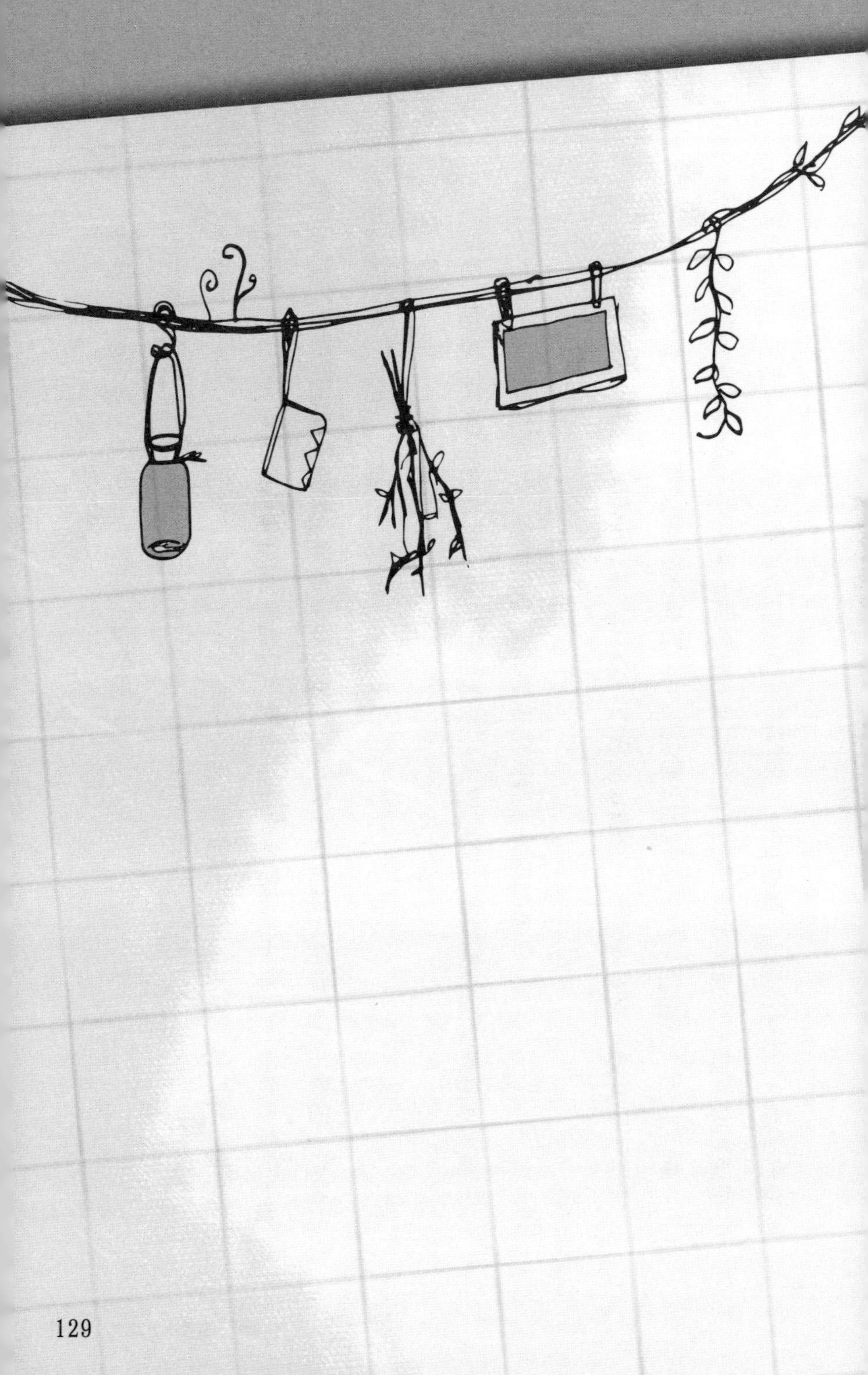

梁剛出生的時候，一家人是住在西營盤的。

在讀大學以前，對於西營盤這地方，一直住在大西北的梁完全沒印象，甚至沒有任何認識。極其量只知道，西營盤是西環的其中一部分，不過這點她不太肯定，直到現在仍不確定。另外一點她曉得的是，西環有家贊育醫院，好像是專門讓人在裏面生小孩的，梁就在那裏出生。

梁所能夠搜刮出的記憶片段，都是上幼稚園之後的種種，偏偏她在西營盤住是升讀小學以前的事。對於這個地方，梁沒有特殊感情，也沒有多大的好奇。

直到梁大學二年級，選修了一門寫作課，老師出了題目，要求大家寫一篇與自己的出生地有關的小說，她開始對西營盤感興趣了。梁在網上搜尋器輸入「西營盤」和「西環」之後，找出香港綠色地圖，便着手編排路線。原來這個地方有許多舊物，也有不少具歷史意義的景點，似乎還有許多美食。於是，她決定計劃一次本地遊，「重遊故地」，同行的還有同樣在西環出生的張。

乘電車到石塘咀，石塘咀這名字真夠風雅，梁好像聽過，怎麼讀《胭脂扣》的時候沒留意到十二少尋開心的地方就在西環？

在第一街、第二街、第三街之間穿梭，走過斜坡、階梯、階梯、斜坡。在井然有序的街道中穿越平民味道濃厚的菜市場，販夫叫賣各具特色，有洪亮渾厚的叫聲戛然而止，也有嘶啞的腔調拖着長長的尾音。梁和張拐個彎，從正街的斜路緩緩上坡。走到東邊街與高街交疊的路口，梁看看落在身後的路，老人稀疏白髮蒼蒼，拄着手杖，小碎步三三兩兩，還有不時舉起傻瓜機拍照的張。

繼續往上走，看過去一列盡是鑲滿仔細鏤刻花紋的屋苑大閘。梁想，從前我們一家不可能住在般咸道吧？層層重門深鎖，那樣的斜坡，那樣的高不可攀。保安員筆直地站在門外指揮車輛，制服上衣像漂過般潔白，西褲熨得起了「骨」，皮鞋該是天天擦的吧？不然一天到晚從更亭跑出引領汽車來來回回，鞋面豈能保持閃閃發亮？大宅之間綠葉成蔭，清靜淡雅，卻及不上東、西邊街的平民小店、小攤來得親切自然。

記得懷舊遊成行前，跟港島人打聽過贊育醫院在高街，後來才知道贊育在醫院道。沿着高街往前走，一幢啡紅磚頭建成的社區綜合會堂就在街角。聽說這裏舊時是精神病院，常常鬧鬼，到了現在，各式各樣的鬼故事仍廣為流傳。不過也有說法是精神病人因為被困而感到孤獨，加上精神錯亂，日日夜夜叫喊，夜裏哭喊得尤其淒涼，才有鬧鬼之說。走進社區會堂看看，裏面好些建築陳設都別具特色，梁特別喜歡那些紅磚牆。走着走着，澄明的天色層層褪去，梁和張好像來來回回都走不出高街鬼屋，轉來轉去，拐個彎，啡紅色的磚頭又闖進眼裏。

轉入醫院道，看到菲臘親王牙科醫院的門面，毗鄰停車場，偌大的地方，幾乎伸展到醫院道的盡頭，怎麼看都看不出還有別的建築物，於是他們決定別過頭往回走。

因為偏執地非要在高街找到贊育不可，於是他們在高街的兩頭轉了又轉，在六十度斜坡上上上落落。迷路了，高街的兩頭，他們都走過了，就是找不到贊育。兩人都有點累，忽然，張無聲無息牽梁的手，剎那間，她想把手鬆開，可是，卻有點不好意思，最後還是借故把手抽出。誰又想到，原來著名的專門讓人生小孩的贊育醫院就在醫院道，只有簡單質樸、素淨無華的門面。

終於又走回醫院道，一直走到路的盡處，原來他們出生的地方就近在咫尺。坐在醫院門前的階梯按摩痠軟的小腿，「難怪媽媽說從前她到醫院做產檢時，爸爸都叮囑她要乘計程車。」梁說。

「我的媽媽也是坐計程車來這裏做產檢的，畢竟路太斜。」

站起來拍拍沾在裙襬上的塵土，他們按照旅遊書上的介紹徐徐步到源記。據說徐小鳳和張國榮都愛源記，「我們會不會愛上源記呢？」張說。

坐在源記的卡座裏，天花的吊扇偶爾轉動，糖水鍋上煙霧瀰漫，面前的影像，彷彿也有點朦朧。甫坐下，老店員便抽出夾在耳背的原子筆，掏出口袋裏的便條紙問：「吃什麼呢？」

讀畢壓在玻璃面下的餐牌，他們點了桑寄生蓮子蛋茶和蓮子合桃露。老夥計爽快利落地端上滿滿的甜湯，他們各自拿起湯匙，緩緩攪拌面前一片小小的平靜的湖，低頭點算碗底的蓮子。偶爾湯匙碰着瓷碗的聲音敲響靜謐，彼此卻都欲言又止。梁把店內的剪報都仔細讀了一遍，張用自己的湯匙在梁的碗裏舀了一小匙合桃露。

步出源記，天已全黑。沿着電車路軌並肩而行，彼此的手背擦過，梁略覺失措，不自覺加快腳步，讓張再次落在她身後。張急步追上，輕拍她的肩，問：「下次我們再來，試試雞蛋糕好嗎？」

長者院舍

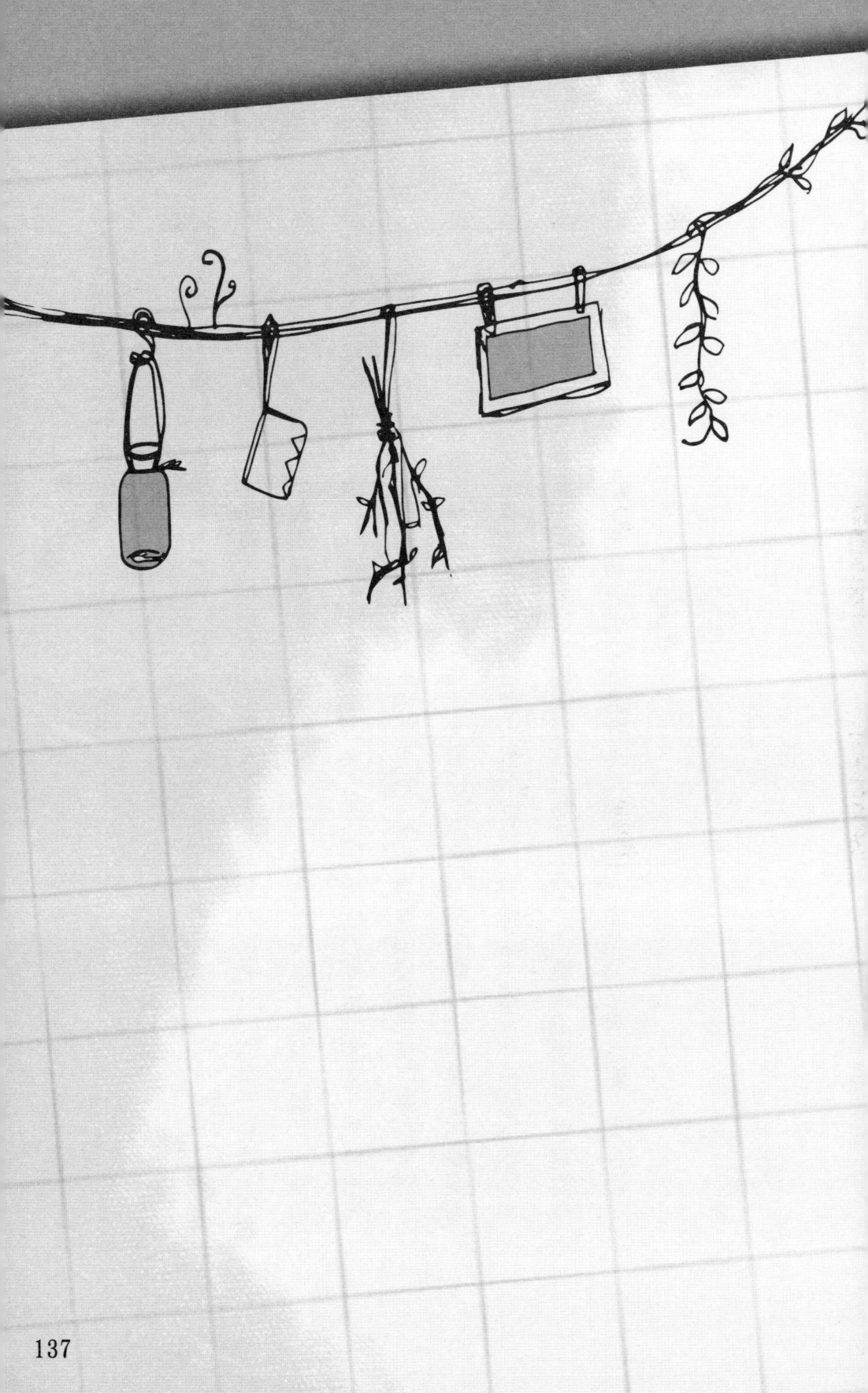

每次義工到院舍探訪之後，慧羣都倍覺疲累。

慧羣和院舍裏的大部分院友都不一樣，她年紀沒那麼大，節目比別人多，體格還很強健，精神爽利活動自如。她能夠入住院舍，全靠人事關係，而她之所以「寄居」院舍，也是為了滿足兒女。事實上，慧羣健步如飛，自理能力強，梳洗吃喝從不需旁人幫忙，有時甚至是她見姑娘們工作繁瑣、忙得不可開交之時，主動伸出援手協助其他院友。她最常做的，就是幫其他院友把飯餐裏的菜蔬和肉片剪得更碎。飯堂裏幾張長方形桌子旁都坐滿了院友，每次用膳，慧羣總先替其他人剪碎食物，再自行用餐，匆匆吃飽後便遊走各餐桌看看有沒有人需要餵食。院舍裏的人都喜歡慧羣，覺得她熱心又健談，每天都有新話題帶領討論，樂於聆聽大家的意見，也不厭其煩地重複他們想聽的話。有時興之所至，更會唱幾句曲，逗得大夥兒嘻嘻哈哈，最厲害的是她通曉好幾種方言，閩南語、客家話、潮州話，不管是否字正腔圓，聽到家鄉話就倍覺親切。

除了米主任。米主任在腦後勺梳一個低低的髻，一副金絲眼鏡架在鼻樑上，看人總像把眼珠子溜到眼眶的邊邊，皺起眉來額頭的細紋深深，都集中在眉心對上的位置。那雙深肉色的絲襪更是古董文物，簡直與潮流脫了節。這些表情和打扮跟她的年紀一點都不相襯，還未到三十，誰不是個可人兒呢？米主任偏偏一副「老成持重」的模樣。只要看到慧羣穿梭在院友之間，她便會教訓其他姑娘，而那些訓詞，也總是讓慧羣聽到。「很忙嗎？怎麼可以讓院友取代你們的工作？如果她做錯事影響了其他院友，這罪名你們擔當得起嗎？既然她可取代你，這兒還需要你嗎？」慧羣聽着只覺從耳根開始發紅發熱，她感到自己為其他姑娘帶來了麻煩。

「慧羣你別管她，她就是這般嚴肅，動不動便罵，出口傷人，也不曉得欣賞。如此沒愛心，真無法理解為何她會做這份工作，你可是我們的好幫手呢！」還是殷姑娘和善柔順，被罵了還不忘來安慰她，難怪大家都愛親近她，只因她不單體貼別人的需要，也關顧到人們的感受。然而，這叫她更感抱歉，像殷姑娘如此貼心、善解人意的人，實不應承受無理的委屈。

從前慧羣也是長者院舍的姑娘，職位比米姑娘還要高一級。她切身感受過挑剔老人們的嘮嘮叨叨和諸多要求，也承受過來自更高層的壓力和無理取鬧。她早就渴望日後能離開這個地方，至少換個工作環境，無奈在一個圈子裏待久了，似乎就難再跳出框框。時日遠去，唯有決心退休後不入住老人院，再退一萬步來說，如今「行得走得」，她更不願重回故地。

記得最初義工來訪，長者們個個歡天喜地，既有人陪自己聊聊天，也有小禮物，梳打餅、麥皮、牛奶……可以做早餐。不過他們偏愛毛巾、百潔布、襪子等東西，因為更實用。只是不知何故愈來愈多中學生來訪，最後頻密得幾乎隔星期就有人來，要玩遊戲唱歌做手工，說句老實話，實在不是人人受得了的。結果有些院友寧可不要那幾塊餅乾，躲在房間裏休息，享受寧靜的空間。哪怕獨處有時真的很無聊，總比勉強自己按指示舞動手腳好，畢竟年輕人怎會明白老骨頭的痛楚？不配合活動的話又不好意思，誰願意被稱作古老石山、臭脾氣老頭呢？

從前剛來工作的時候，年輕的慧羣雖樂意照顧那些獨行俠，但有時也不禁覺得那些性情孤僻的長者不合作，浪費了難得與年輕一代相處的機會。日子久了，應付過來自各大團體的義工後，才彷彿有點明白他們甘於做孤獨老人的心意。

「你試試吧！舉高雙手，要抬到最高，要直，伸展筋骨才會健康！」天氣變，十多年資歷的五十肩令人叫苦連天，關節間一把螺絲起子扭呀扭，擰呀擰個不停，怎麼可能高舉雙手？

「老伯，從前你的生活是怎樣的呢？」老伯窮苦了大半生，老伴離去，兒子大時大節匆匆來又匆匆走，媳婦絕少露面，未吃過苦的人要老頭子回想前半生又何苦呢？

今天來訪的那些高中生，問到慧羣入住院舍的緣由，「兒子和媳婦怕沒人照顧我，又擔心我會悶，想我來這兒享福。」「你的家人很疼惜你呢！他們肯定常來看望你！」

慧羣怎麼敢說當天決定入住院舍，只因為想把公屋讓給兒子、媳婦，好使小倆口有私人空間。常聽說時下青年無法置業，結果婚後被逼做分居夫妻，又或遲遲不敢結婚，做母親的又怎麼忍心？考慮到自己有微薄積蓄和退休金，院舍又在公屋附近，仗關係申請入住的話也好與兒子有個照應，減輕兒子的壓力。比起其他人，慧羣不得不承認自己已算很幸運，從前那些決心，也就不消提了。

「我們來訪，大家開心嗎？」小夥子興致高昂的，自麥克風傳出的歡呼聲刺痛耳膜，慧羣合作地、熱烈地拍掌，「開心開心，多謝多謝！」

求醫

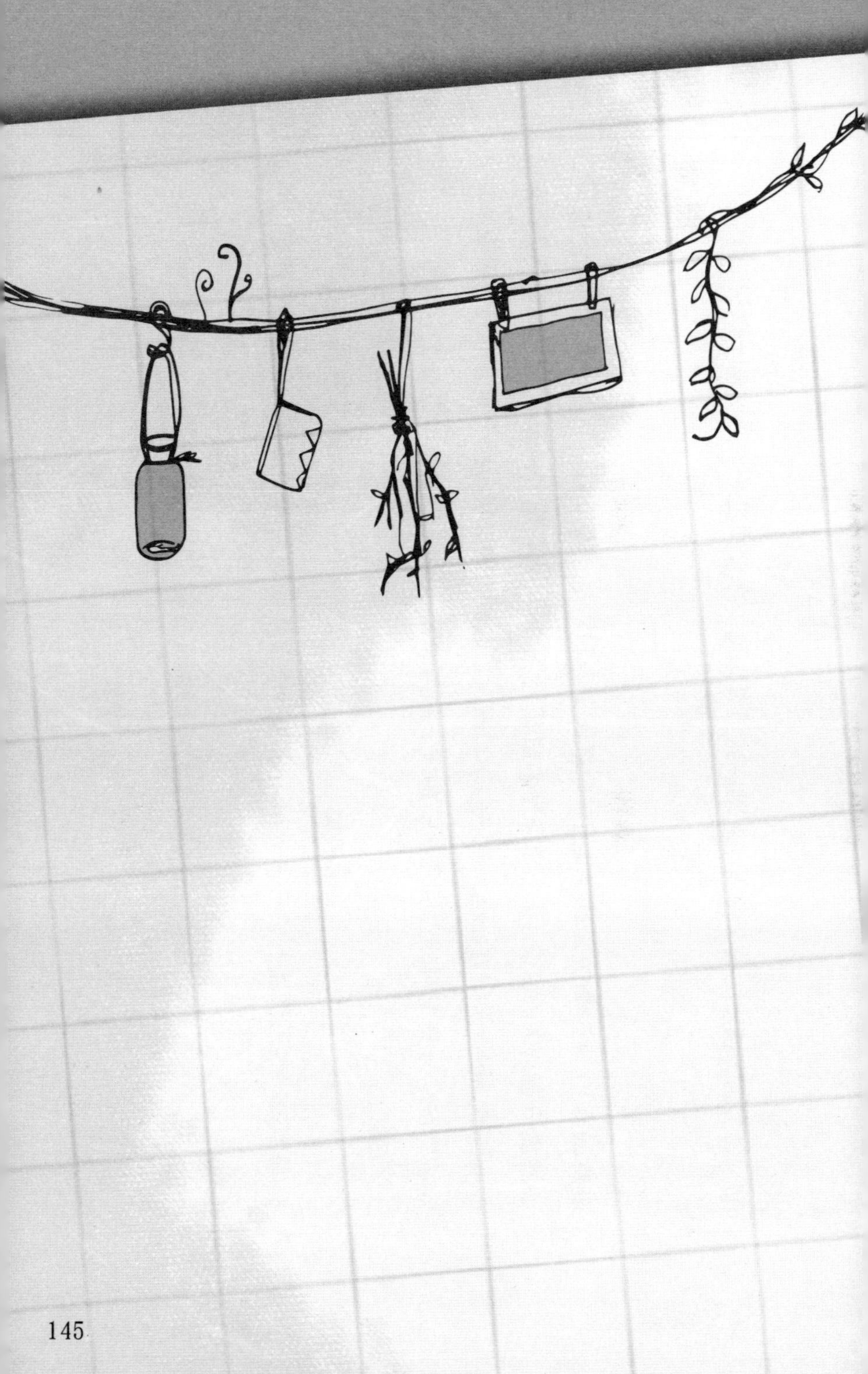

（一）

沒有人知道，她最後決定不再向這位中醫師求診的原因。

流動中醫車定期來到屋邨商場附近的小型停車坪駐紮，小小車廂裏兩個人長時間留守——大夫和藥劑師。二人崗位一首一尾，剛好穩住一輛車子。

坐在車子上候診，她只覺這輛車比十六座小巴要小，但比小型客貨車大。到底有沒有一種車叫中型客貨車呢？她從來沒考究過汽車這玩意，那次她看到馬路上貼近地面不停發出轟轟巨響的紅色車子，跟身旁友人說：「這車像爬蟲類。」「這可是名貴跑車啊爬蟲類！」她在安全島上再回頭看看，怎麼都看不出這奇特的造型有何名貴之處。「你還真夠老套的。」

上班下班上課下課外出遊玩，她只靠公共交通工具和一雙腿，本地交通四通八達，各種公共交通如網羅一樣，每個地方都是網中獵物。忘了從何時開始朋友們都吵嚷要登上什麼樣的私家車，她只管想，火車雖常常延誤，但總體來說還是比巴士好，至少在車上閱讀不會暈眩。人家說火車、地鐵早就合併並稱港鐵，他們不明白，港鐵不過是個名字而已。火車和地鐵終究是不一樣的，至少火車比地鐵穩，但火車與月台間的空隙比地鐵闊。從前火車的空間也比地鐵寬鬆，可惜現在沒這調子了。

這次在綠公仔亮着仍疾馳，教她吃驚然後扭傷的，又是一輛什麼型號的私家車？不幸中之大幸，是她還未來得及邁步過路時，瘋狂的車子便駛來，她未有能立即閃躲的敏銳，只嚇得呆立當場，偏偏在再次提步過路之時扭傷了足踝。

（二）

屋邨跌打醫館裏藥材、藥油、藥酒味調配出特殊的空氣，老師傅「噼嚦啪嘞」幾下後，用糊上一層厚厚的膏藥的泛黃白布包裹她受傷的足踝，膏藥的顏色叫她聯想到「屙青屎」的傳說。旁邊的大嬸拖拉着學步的孫子，從後一手扯開步履不穩的小孩的褲頭探看，高聲喊：「攞條片嚟！」小孩子受驚後的糞便就是這種鴨屎綠色嗎？

「師傅，請問這是什麼藥呢？」

「講你都唔識啦！明天再來換藥！」

（三）

她再沒有到那跌打醫館了，因為當天敷藥幾小時後，她已因為無法忍受痕癢而拆開所有紗布和膏藥，又紅又腫的足踝看得人頭皮發麻。她又忍耐了個多小時，圍繞足踝而生的紅斑非但沒有消退的跡象，更開始連結成紅腫的小塊兀自發燙。

結果，她拐着腳到樓下二十四小時應診的診所排隊，十一點多了，竟然還有那麼多人要看醫生。她有點忐忑，因為診症室裏的，不是她從小光顧的家庭醫生。醫生會否不明白我的狀況呢？就像剛才的跌打師傅那樣，讓我傷上加傷？

痛楚、痕癢和焦躁伴隨她進入診症室。

「點可以唔洗腳？洗腳就一定濕水啦！」

「大概多久才會消腫呢？」

「我開藥丸同藥膏畀你，過幾日再覆診。」

（四）

對於到中醫車求診，起初她極為抗拒，因為她看過好幾個中醫，似乎都不奏效，每次都是單單感冒問題就拖沓最少兩星期才康復，更不用說其他毛病了。

「兩個星期，不求醫也能自然痊癒吧！」

她明白中醫講究調理，復原進度必定較緩慢，但長遠而言對健康大有裨益，無奈她急性子，沒有辦法接受連解決一樁小毛病也要拖拖拉拉。

「又近又方便，連藥都不必煎，全部用即溶沖劑，我已幫你登記了，今晚下班後我帶你去。」

願意登上中醫車，唯一原因不過是滿足母親的要求。

偏偏第一回到中醫車求診的那個晚上，她闔上眼不到十分鐘便入睡了，而且一直睡到翌日鬧鐘響起才悠悠醒轉。把藥散沖劑都喝光後，她精神飽滿地自動登上中醫車，因為她相信，這個醫生可以解決纏擾她多時的失眠問題。

後來醫師還為她解決了不少問題，例如咳嗽、腸胃敏感、月經失調……每次聽到她對於病症的描述，醫師似乎都相當明白，也耐心地逐一解答她的疑惑，有時更會莫名其妙地閒話家常，彷彿熟悉的老街坊。

漸漸，每到星期五，她下班後就去看中醫，每次都順道預約下星期的覆診時間。雖然不是每一次的康復進度都理想，有時甚至緩慢到一個不可見、不可感的程度，就如上次她腳趾骨裂後，醫師建議她針灸以消腫，連續幾星期每次四、五支銀針刺在她小腿和膝蓋附近，腳趾頭還是有點浮腫，如虛胖。

（五）

當紅斑悉數褪去、痕癢全消之後，她覺得足踝傷處好像也沒那麼腫了，不過還是有點隱隱作痛，只能每一步都刻意放輕。

今天，又是到中醫車覆診的日子了，醫師會不會又建議她針灸消腫呢？

「不知為什麼，每次經期要來之前大概一星期開始，動不動就想哭，心情總是很抑鬱似的，哪些中藥可調整情緒呢？」

「不用吃藥的，很多人來經期間都發脾氣，其實就是因為痛楚和不舒服而生的反應，只是你比較內斂，你選擇用哭的方式來抒發情緒而已。」

「不是哭，是抑鬱，抑鬱的感覺每次都在體內漲滿，我甚至為此失眠。」

「放鬆，你放鬆心情就不會抑鬱和失眠了。」

「不是，你不明白，我最近又開始失眠。」

「我明白，你放鬆，放鬆就……」

第一次，她覺得面前這位曾經治癒她的失眠症的中醫師和其他人沒分別，根本不明白她。那夜能安睡到天明，也許只是巧合。

「我明白，你一定要學會放鬆，放鬆就……」

這次，也是她最後一次登上這輛中醫車。

路

同行過幾段路後，老師好像又再明白了一點——放手的必要。

（一）下坡路

懷着沉重的心情撥電話，躊躇着應如何跟家長說明她的兒子要留級的消息呢？由大半年前說的「很大機會留級」，發展到三個月前「成績再沒有進展的話就要留級」，情況一直走下坡，走到今天：「確定要留級了」這局面。

「老師，真不好意思，對不起，這不長進的小子到最後還是要留級，辜負了你的苦心，難為你一直耐心教導他、鼓勵他，我們都為他着急，偏偏只有他自己不在意。事到如今，我也不知該怎樣安慰你才好。」她早就了解這位媽媽實在非常通情達理，可誰也沒想到，她竟然為兒子無法升班的事而向班主任道歉。聽到這番話，平日口齒伶俐的老師，也頓覺詞窮。

多談了一會兒，話筒那頭說，其實不想兒子繼續在一般的文法中學升學，但又不大曉得除了應考文憑試之外還有哪些出路。老師心裏知道她的兒子其實想重讀直至完成中六的，可惜兩母子各有心事而不相知。面對兩代的矛盾，老師心裏更添幾分憂思，只得委婉地向徬徨的孩子母親透露她兒子的想法，同時答應先幫忙搜尋其他修讀工科的學校的資料，待明天見面時請二人同坐詳談，好好計劃升學的事，畢竟彼此了解對方真正的心意才作決定總比較好。

然而，看着已經讀中五的大孩子細閱成績表時臉上似是而非的若有所失，老師始終有點放不下心。她籌算着，要怎樣才能教面前這孩子徹底明白，要是一直維持這樣的狀態，保持提不起勁的「懶懶閒」精神，前面只會是無止盡的下坡路。

（二）走錯路

「最壞的決定就是讀完中四便退學。」

眼前這大塊頭也許要比老師高二、三十厘米，體重比她重一倍，活像個巨人。中四學期末知悉要留班後，小夥子毅然決定退學，轉讀中專文憑。

「當天你不聽勸說，堅決要離校，我也覺得你做錯了。直到後來到店裏去看望你，知道你每天上學上班，年中無休，勤懇地過日子，我才釋然，不再為當日無法勸你留下來重讀而耿耿於懷。」

老師清楚記得當天為了去留問題而生的摩擦；記得流過的眼淚；記得不敢多談的戰兢，如果因此而令師生關係破裂，她捨不得。

幾個月後，她在面書上收到訊息，令才平伏了不久的心情又再洶湧——「那時心裏只想離開，什麼都聽不進去，回想起來，自己的態度真的很差。」

雖說路是自己選擇的，然而不也有說，為人師者，其中一大責任就是為學生指引明確的道路嗎？對於無法挽留大塊頭，目送他過早結束中學生涯，她始終自覺責無旁貸。

三年後的這晚，聚餐後，大塊頭駕車送幾位同學回家，包括老師，想起從前聽過的：「到我十八歲考了駕駛執照，一定駕車送你上班！」今天這預言竟換個模式曲折地兌現，老師心裏除了釋懷，也有安然。

「其實那天你的一意孤行，也不如你所說的是最壞的決定，每個人的路都不盡相同，誰說到外頭闖練闖練必然跌碰得焦頭爛額呢？」

（三）分岔路

大半年前老師碩士學位畢業的時候，邀請學生一起拍畢業照，大家抱着她的畢業公仔愛不釋手，忽然響起一句：「怕且呢世我哋都用唔着呢啲公仔。」她心裏百般滋味難以梳理。

這天畢業典禮開始前在課室裏派發文件的時候，老師刻意叫學生的全名，意圖再練習一下，免得在典禮上出洋相。奈何讀不了幾個名字，抬頭看看吵吵鬧鬧的人堆，已不自覺喊出平日喚得親切的小名。該慶幸在禮堂講台上朗讀大家的名字時，看不見眾人的樣子，不然她準要出洋相，不是掉淚，就是讀錯。

終於要把這些和她共處了半年的畢業麪包超人送到各人的手上了，經過幾番思量，最後才決定要選麪包超人給這畢業班。

臨別依依，輾轉反側的老師還是離開被窩，在案頭點亮一盞澄明的燈，提筆書寫。三年以來，寫過的便條、心意卡、信件甚至評語數不盡，只是此刻，她仍想再為畢業班寫點什麼。

「送你們小小一個玩偶，寄託了最單純、最基本的願望。不敢奢求豐衣足食，願我們將來的生活有麪包、有溫飽，也希望大家有超人的不放棄精神，如卡通片裏的不死情節——無論如何，奮戰到最後時刻。還有，如果可以，請記得我們要超越人，這個人，不是誰，是自己。在離別的分岔路口，大家都要隨隊流入變化萬千的世代。我們定要不斷學習，學習待人處事的方式，學習不同方面的技能，這樣才能站得住腳。更重要的是，唯盼大家毋忘初衷，幾多誘惑、幾多衝擊來襲，仍然『對得住人，對得住自己。』」

教學的道路上有聚有散，離別的時刻，再多的知識和理論都派不上用場，唯有處世為人的方式，總不可忘卻。

放下筆，老師再次提醒自己，該是放手的時候了。

鄰居

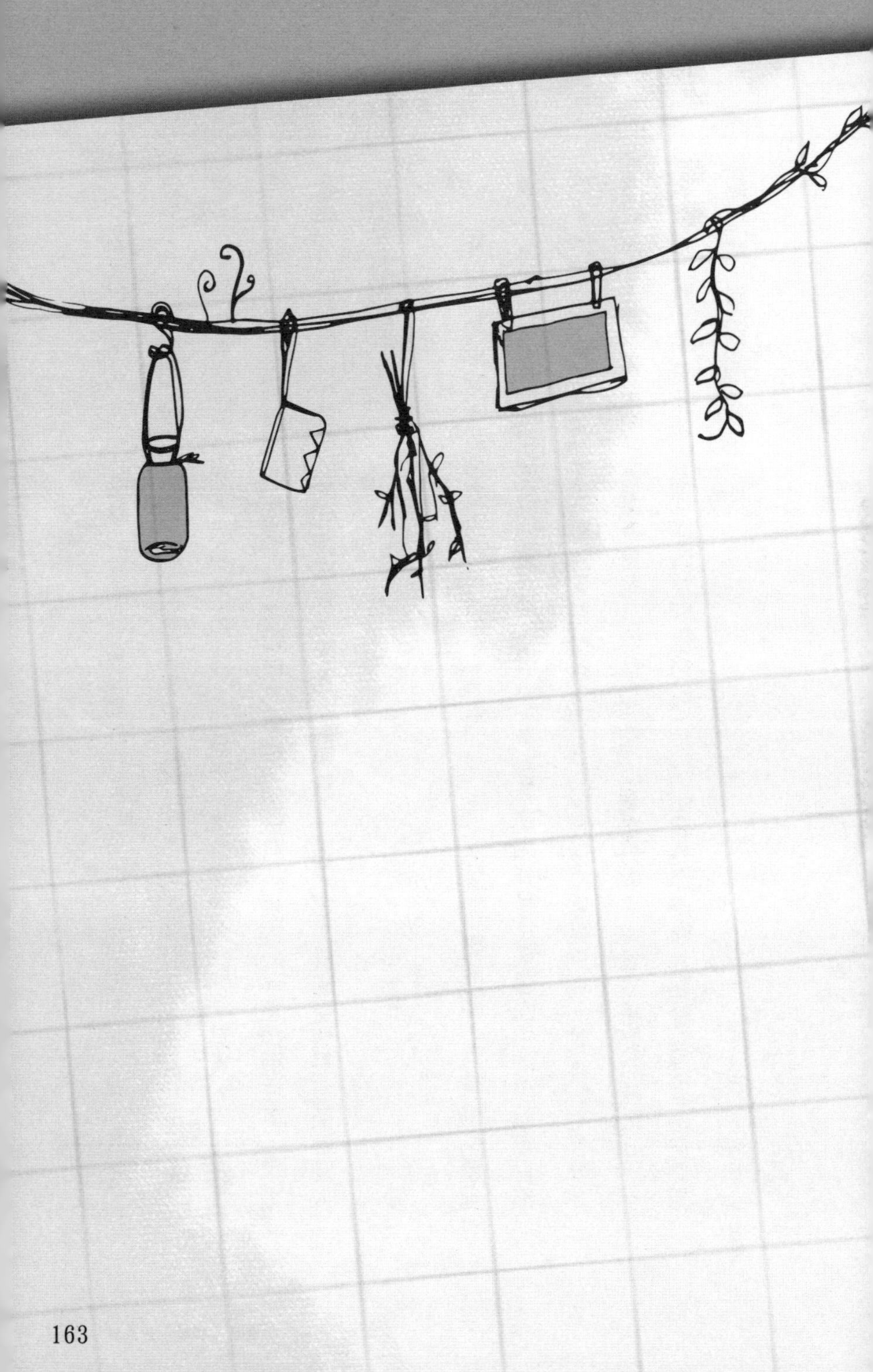

每次老爸因為那家人撞擊鋼琴的巨響而幾近抓狂的時候，她都壓抑住惱火，強忍住怒氣，裝作寬慰地說：「算吧算吧，若然他朝此人成了第二個李雲迪，就多謝你今天包容他。」如果李雲迪聽到這話，想必氣炸了肺，他練琴時恐怕不會砸琴吧？其實，她比誰都更想去毀了這戶人的琴，她比誰都更想這戶人搬走。她一直抗拒因心浮氣燥而生的「家嘈屋閉」，要是為了別個家庭的問題導致她家人人「燥熱」，她只會比誰都更惱恨這破壞別人家庭和睦的傢伙。

文藝一點形容，那琴聲實在配得上「刺耳」二字，通俗一點的話，只可說「煩到癲」。且不說巨大的敲打琴鍵的聲音隨時擾人，更甚者是因練琴不練琴而生的爭執無日無之。眼見對方由早到晚堅決不關門，更堅持一家四口父母子女吵鬧對罵，她家只好長年木門緊閉。然而公屋木門能有多厚實呢？隔音功能可以有多好呢？她曾經嘗試紓緩問題，但結論教曉她：不要妄求睦鄰。你以為好言相勸，人家倒要怪你不懂包容枉為鄰里，從此謝絕招呼，對話免問。

難為她初次看見新搬來的鄰居有鋼琴，竟還想過可以免費享受悠揚樂韻，陶冶性情，點綴生活。這奢想實在無謂，不切實際。鄰居的鋼琴命苦，從來沒享受過好日子，從未被善待，好好的琴鍵日日夜夜被硬物敲擊。父母命令孩子練琴，孩子拒絕練琴，全部人的怒氣都轟在鋼琴之上。「再扔琴就要爛了！」不時傳來這一句，但琴依舊過着被虐待的生活，每天只有無盡的淒然的聲嘶力竭的叫喊。教授彈琴的老師少說也換了好幾個，沒有一個待得下來，如果鋼琴有生命，相信這座命苦的琴也活膩了。

粗言穢語橫飛、震耳欲聾的咆哮哭喊、撕破喉嚨的喝罵尖叫……如果說鐵閘後天天上演的是家暴，那麼這道鐵門以外的人天天承受的是精神虐待，隨時隨地的、不分晝夜的、年中無休的。

早出晚歸勞累一天，回家想舒口氣，拌飯的卻是此起彼落的辱罵，父母對子女如是，反之亦然。哭鬧夠了，嗚嗚泣聲夾雜用力敲響的琴音，每一下都敲在別人的頭上，像鑽孔機，像電批，旋開你的腦瓜，注入環迴立體聲，多聲道同時播放。

一戶欠缺公德的人家足夠讓一條走廊十戶、八戶人個個心煩氣躁。十張八張餐桌上個個如坐針氈，為免觸動家人因長期遭受噪音困擾而敏感的神經，舉箸啖飯如履薄冰。

恕她孤陋寡聞，她還是頭一遭聽到父親罵自己的兒子「賤狗」，母親罵女兒「人渣中的人渣」。若非親耳聽聞，她還不敢相信讀高小的姐姐在弟弟犯錯時會意氣風發地落井下石：「打佢啦！打佢啦！唔畀啲教訓佢唔知驚架！」那尖酸刻薄的嗓音，趾高氣揚，彷彿高高在上。到姐姐犯錯了，弟弟連珠炮發的數落，力歇聲嘶地高呼：「趕佢出街！打死佢！」不難想像他的怒目圓睜，唇眥欲裂。

「爸爸、媽咪，我求吓你哋，畀多次機會我，我知我對你哋唔住，我冇咩可以做，唯有再求你哋一次，原諒我，接受我嘅道歉，唔好趕我走呀……」一聲淚俱下、嚶嚶啜泣兼而有之，此情此景總不會七情不上面吧？和只管耗盡力氣尖聲怒吼的弟弟相比，這年紀輕輕的「姐姐」，擔演的恐怕是「現代版陳秀珠、謝雪心或關菊英」的角色。時而氣焰囂張盛氣凌人，時而苦心苦情涕泗縱橫。有一回給趕了出門外，她竟大半小時重複上述對白，果真韌力無窮。這四口之家，實在演活了電視劇中權貴家族的勾心鬥角，鐵閘內發生的一切事情，如有聲無畫的電視劇。致命傷是，你不可能轉台，也沒辦法按靜音鍵，不管你多疲累多抗拒多厭惡。

幾年以來罵戰天天持續，隨着孩子的成長火藥味愈發濃烈。當大家都開始調適自己，「習慣」與擾人噪音共存之時，這戶人的勢力範圍竟逐步擴展。自行車、鞋架、晾衣繩……佔據半邊走廊。每次投訴，為了息事寧人，勤懇踏實的管理員只管在大堂張貼告示，「提醒」所有住戶別罔顧公德，否則私人物品將被扣押，件件「贖金」五百，然而這簡直與廢話無異。

直到掛在走廊邊的牀單出現黏答答的鼻涕、自行車的輪胎三不五時「自行」漏氣、鞋架上的鞋無故落單……「搞錯呀！將煙頭掉喺人哋的報紙上面咁冇公德心，火燭點算呀！」。報紙、鞋架、自行車、晾衣繩漸次消失。「好佬怕爛佬，爛佬怕潑婦」，當今之世，原來有時還真的得以惡治惡。雖然她不認同這些做法，但她樂於見到此成果，相信其他人也一樣。

當大家歡暢地在餐桌上討論走廊公共空間終於回復公眾所有之時，誰也沒想過，一星期之後，雜物、雜貨統統回歸走廊，連帶的還有新安裝的閉路電視。

他和她的事情

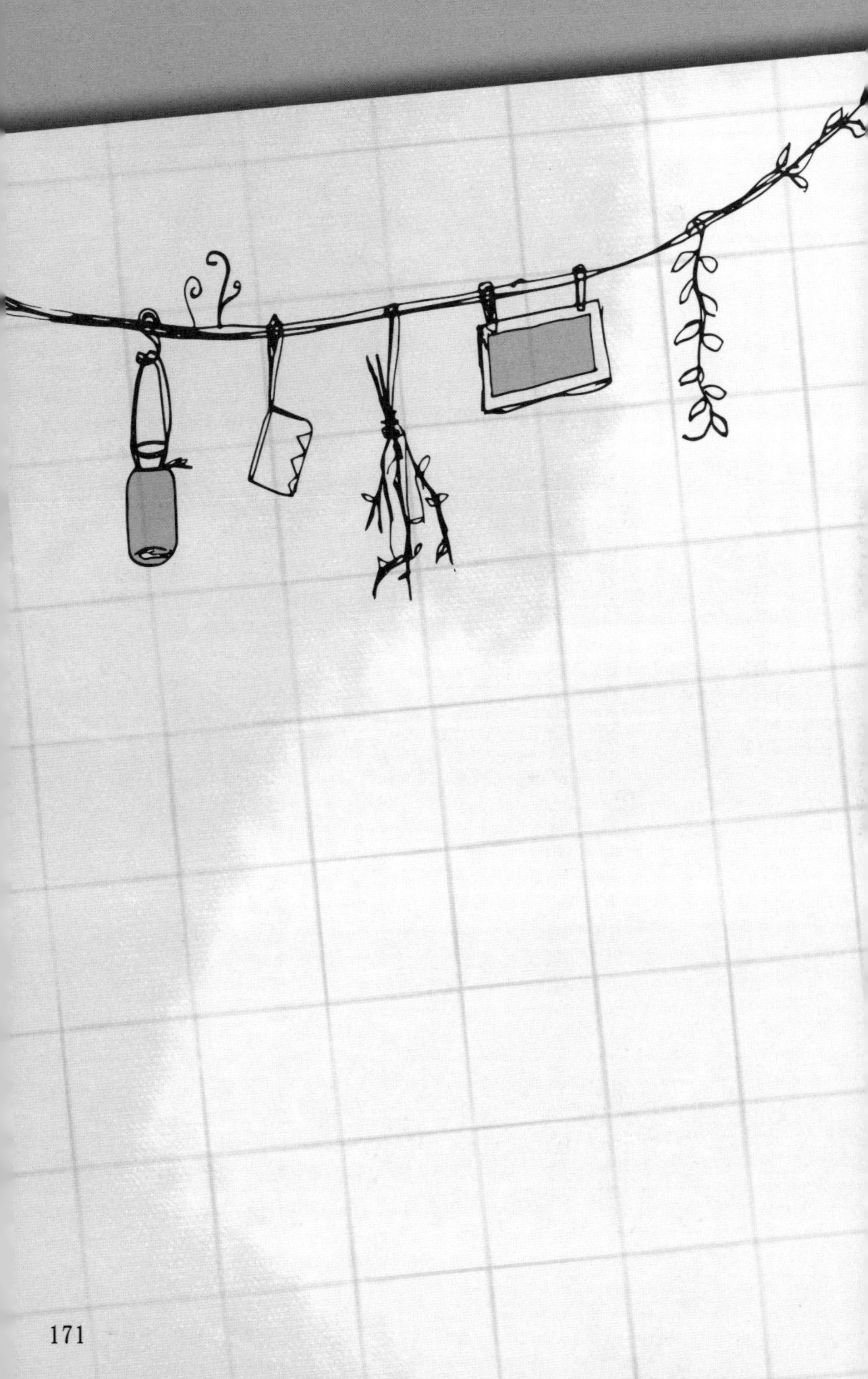

（一）

那天，他在身後輕輕唱起〈有個人〉，安琪真的以為，會與他共度餘生。

悄悄轉身偷看他的側臉，平靜的輪廓，入夜的天色在背後流過。這段路，要怎樣走下去呢？

（二）

多月不見，跟她再見面的那天，本來約定吃晚飯，我知道她會期待，因為我們已有一個月沒見面了。我的娛樂從不讓她參加，她也自然能找到停不了的工作。我已經無法想起我們是怎樣開始的了。

她是個心軟的人，我知道，她會被我留住。

(三)

今天，安琪本來約好跟他晚飯，他們已整整一個月沒見面。安琪懷着期待的心情，直至中午接到電話。他説外婆忽然要回鄉，但外婆前幾天摔倒，才剛出院，還是有他照顧會好一點。「可惜我的電話沒有漫遊服務呢！」

他的好友陳，約安琪交收稿件。安琪向來不會輕易跟他的朋友單獨見面，因為不希望他生氣。只是，今天例外吧，畢竟校對工作得儘快完成。

陳本來就打算在他們晚飯期間前來交稿，很自然就問起約會告吹的原因。

你相信他？安琪隨便應對，視線沒有離開手中錯字百出的稿，為了禮貌，強行熨平想要皺起的眉頭。陳把手機的來電記錄遞過來，原來接近五時，他找過陳。

「我不過希望你知道真相。」

安琪相信眼見為實，相愛，就相信。帶着一疊稿紙、提早預備的小禮物和少量抑鬱，走到車多人擠的街上清洗一下頭腦，肩上的袋子無聲無息地沉重起來。

一對男女牽着手悠閒地逛街，那男子的面容、輪廓和五官真像他。男子身上的衣服，他也有一件呢！他們就那樣打照面走過。把頭垂得很低，男子沒看見安琪，偏偏安琪竟覺慌張。那跟他相像的背影，載浮載沉，在安琪眼前逐點消失。

電視停在靜音模式，裏面的人影兀自閃動，安琪安靜地坐在客廳裏想着遙遠的事，和情。

陳不斷來電，安琪想，好像要失去一個人了。

（四）

搞不清是因為內疚還是心虛，只是當她跟我說昨夜在油麻地和太子閒逛過時……我討厭她常常獨自四處遊蕩。

我不懂得自己是不是還有一點喜歡她，但她提出分手的時候，我便決定要留住這個人，至少留住之後，還有時間想想。

（五）

在安琪完全沒有心理準備之下，他摧毀了親手搭建的謊言。「昨晚我和前女友在油麻地吃飯，然後送了她回家。」

胡亂編了一個理由，若無其事地掛線。大街上，安琪只能慌亂地揩忍不住落下的淚。

用了一夜時間說服自己相信那不過是幻象，現在叫她怎麼辦呢？安琪忽然為他從來沒送自己回家而心酸。沒想過怕他來回奔波的結果是把他的時間送給其他女子，為什麼要說自己很獨立呢？

眼前彷彿拉起一層薄霧，所有景象都迷迷糊糊。十字路口前，所有道路都交疊糾纏起來。

（六）

那天他留住安琪之後，安琪以為一切能重新開始，畢竟只有快樂的戀愛並不完全，偏偏他再沒有主動找安琪。

之後的日子，在他失了很多次約之後，二人終於又見過一次面。那是個天陰的日子，風很大，安琪長長的裙襬一直翻飛，像臃腫的尾巴。路的兩旁亮着昏黃的街燈，天空的顏色逐層褪下，緩慢地盪開。

他走得很快，櫥窗上滑過彼此的身影，藏着跳動的光線和忽明忽滅的臉龐。在他身後仔細閱讀他的背，跟當天偶遇的那背影，真相似。

橙橙紅紅的燈泡懸掛出一街風景，獨自回家的時候，看着車廂玻璃窗上的倒影，窗外風景向後倒溜，安琪想：我好像已經失去這個人了。

（七）

從他的網上日記看到照片：「四月十五日，紀念日。」

四月十五日，二人尚未分開，情侶手鐲圈在誰的腕上呢？

安琪無法忘記那天緊握電話筒嘆了一口氣後，用微微顫抖着的聲音説：「不如，分開吧。」那樣平靜，那樣單薄。

坐在漆黑的房子裏，緩緩敲響空洞的牆壁，跟自己對話。安琪説，什麼都沒有了，也算是另一種好吧。有什麼好難過呢？反正始終都要過去。看過去，不過是一些讓人動情的日子，有過這些日子，也總是美好的。那些教人心動的片段，隨時日消磨，愈來愈模糊。美好的感情和事物，都有逝去的一天吧！沒有人不懂，只是免不了感到害怕，想起來，也會顫抖，也會流淚，不過，始終會痊癒。

無論有多痛，相信最後都會復原。或者日後再提起，會隱隱作痛，然而，一切都變得淡淡然了。一個人，又有多少精神和心力去為另一個人歇斯底里地傷心很久很久呢？最後，那些曾經以為無法穿越的痛，可能變成一首歌、一個故事，或者，一首詩，在以為永不能接受的時候，悄悄與日子磨合、融和，成為生命的一部分。

（八）

於是安琪每天在車站用相同的手勢接過免費報紙，在慣常上落的車卡上落車，將所有人都喜歡的笑容印成一張臉的紋理。

時間輕輕推她的背，直到一天看《阿飛正傳》，張國榮離開劉嘉玲，不辭而別。劉嘉玲往找張曼玉，大哭大鬧。哭鬧過後，她跟張曼玉說自己不應該去找她，讓她有心涼的機會。張曼玉聽後，語氣平淡地說：「依家喊嘅係你又唔係我，我冇事好耐啦。」

安琪終於懂得了，獨自悄悄落淚的聲音。

再遇見

「佩佩，真的是你？剛才遠遠看見，我以為自己認錯人呢！好久不見了！」

「好久不見。」

「近來一切都好嗎？工作情況如何？」

「還好，真不好意思，我趕時間，要先走了，下次再談，再見再見。」

「噢！」

佩佩幾乎是落荒而逃的，看到自己左右兩肩各揹着兩個大環保袋，手上還提着冰袋，不禁為自己的疏懶而恨得直跺腳。

拿着四盒團購優惠月餅，還特別帶上保冷袋買特價外賣壽司回家作午餐，穿着洗得皺皺的寬鬆連衣裙，腳上的平底鞋鞋跟都磨蝕了，鞋頭也有點擦破的花痕，頭髮全往後梳成鬆散的髻，一副不修邊幅的「師奶」模樣，叫佩佩不禁自慚形穢，愈想愈惱恨自己的小師奶性格。

回家路上，佩佩心裏有氣。她氣自己的疏忽，也氣上天總愛故意作弄人，硬要安排人們在潦倒的日子以萎靡的神情面貌跟許多認識的人相遇。內心不住埋怨自己為什麼不好好整理儀容才上街呢？也感歎平日穿戴漂亮時，跟任何人都總難以偶遇。

剛才遇見的是大學師兄，師兄只比佩佩大一年，同讀中文系，入學迎新營時，師兄是佩佩的「組爸」，很照顧佩佩，連第一次選科也是師兄幫忙的。

「你的家人支持你讀中文系嗎？很多人都覺得我們是書獃子，又覺得讀中文系一輩子啃書沒有用，賺不了多少錢。你要有心理準備，在未來的日子，這些聲音，你會聽到不少，不用太介懷。」

那時佩佩盯着師兄，心裏想：像你這副呆頭呆腦八股相，誰不以為你是窮酸書生呢！像鄰組的「組爸」，同讀中文系，人家可是散發着文青獨有的氣質呢！也不見得有人會說他是書獃子。

另一位「肥頭耷耳」像豬八戒的師兄說：「你們的『組爸』是我們中文系的優異生呢！每次導修都準備充足，即使不是他報告的日子，他也埋頭鑽研像自己報告似的！有任何學術上的問題，都可以請教他！他更是古詩社的中堅分子，唸起詩來搖頭晃腦，王維、杜甫統統上身。」這頭豬八戒大汗淋漓，提着大袋飲料，邊說邊摸肚子，佩佩看着，有想吐的感覺。

「我今年也拿了獎學金。」佩佩說，滿不在乎的樣子。

「小師妹多多指教！」八股師兄竟抱拳作揖，連行為舉止都那麼古老石山。

之後三年的大學生活，八股師兄都很關心他們這一班組仔組女，有時佩佩和同學會故意跟師兄選修相同的課，因為和師兄同組，報告的事完全不用操心。佩佩深知自己向來不是熱心追求學問的人，想要的是學位和榮譽而已，「過了海就是神仙」，追求第一的日子已成過去，只要順利過關，其他的，何必認真？

「別人都說『組爸』對你有意思。」佩佩聽罷，但笑不語，良久才道：「不會吧，他不適合我。」其實，她怎會不明白呢？這些好事之徒更不會知道的是，佩佩的好些個人習作，都是「請教」師兄才完成的。

後來攻讀碩士，二人恰巧又在同一班，師兄仍是那副溫溫吞吞的呆相，佩佩就是在那時知道師兄已經成為了科主任。她想起，從前常在跟同學言談間評論師兄老套古板，即使成績再好也會因一副「趕客」的模樣而找不到好工作。人靠衣裝佛靠金裝，成績再好又如何？面試時老闆看見一張八股臉就怕了。人人畢業都有學位，懂得包裝才是王道。

「是長約嗎？」師兄的提問令佩佩感到被冒犯了。

「合約。」

「佩佩和我一樣，好慘，一直都做ＴＡ（教學助理）。」此刻，佩佩恨極了身邊這位朋友！

「但我教的是一級名校！」

「名校、邨校都一樣，傳遞知識、弘揚各家學說，身體力行教年輕一輩中華文化，更重要的是培育青年人的品格修養，去哪裏教都一樣。不要因為不想脫離名校行列而局限自己的發展，這倒浪費了自己呢！這七年間我也轉過三間學校，每間學校的風格和政策都有差異，多看看不同環境，對個人的長遠發展也是好事。」

自此，每次上課，師兄都給佩佩留座，也主動提出與佩佩同組。

最後一節課後，師兄煞有介事的對佩佩說：「儘快找個教席吧！你向來成績優良，何苦為了留在名校圈，甘於平庸，做個任人使喚的教學助理呢？」

「校長說有同事離職時，我就可以轉做教師，而且讀完碩士，我的學歷更會比科組內超過一半同事還要高。」

「你應該也注意到教育界要減開支、削教席的新聞吧？空穴來風，未必無因。我怕再過一兩年更難找到教席！機會要自己發掘、爭取，你當然可以邊等邊找工作，我也不贊成裸辭，但盲目的等待實在不智呢！」

師兄好心的規勸，如利刃割在佩佩的心上，隱隱滲出不可見的血。

「佩佩，今早不夠時間跟你聊聊，你最近好嗎？找到新工作嗎？」

讀着師兄的短訊，佩佩只覺諷刺，和她同屆畢業的同學，投身教育界的都已找到教席，只有她持續在教學助理的崗位上掙扎求存。

花了近十萬讀碩士，才剛畢業，校長便請她到校長室裏，一臉無奈地說：「政府落實削減資源，新學年我們恐怕無法……」這個畫面，今夜又在佩佩的腦海裏不停重播。

飛伯

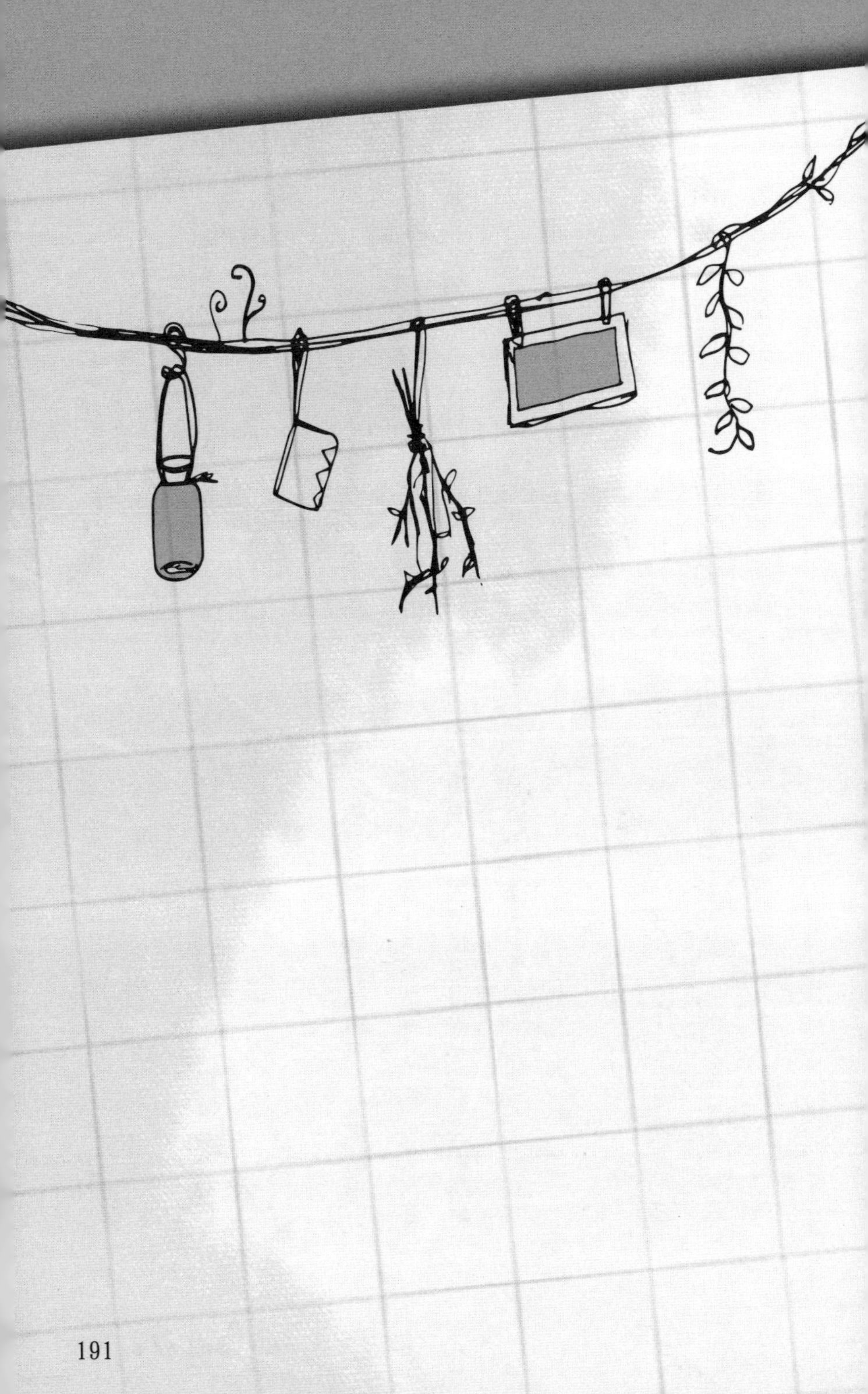

（一）

我們都叫他做飛伯，父親叫他做飛哥。從小便認定飛伯是江湖老大，而事實上，飛伯也實在威風，兄弟無數，大名無人不識，只是，那些都是年代久遠的事了。

飛伯的「案底」比電話簿還要厚，而他所犯的，都是打鬥、醉酒鬧事等，極其量也只是「放貴利」。殺人放火、姦淫擄掠，他統統沒沾過手，說不上大奸大惡，但說他經常惹事生非實不為過。飛伯畢生有一宗旨：「絕不能沾毒品。」因為毒品害人。他曾經大義滅親，怒打親生哥哥，原因就是他的哥哥吸毒。我相信，飛伯寧願把他的哥哥活活打死，也不願他被毒品危害一生。

打架生事，對飛伯來說，比吃飯、飲酒還要平常。他有一子、一女，小兒子擺滿月酒的晚上，飛伯就是在拘留室度過的。大日子也無法吃一頓安樂茶飯，為的只是鄰桌的人塗藥油，他的兒子嗅不得藥油味，吵鬧口角無法解決的事，順理成章比武。

飛伯對往日的風光極度留戀，自我有記憶以來，跟他見面的次數不多，然而，每次也會聽到他追述舊日事蹟。香天樓事件，我就至少聽過三次以上。那年，飛伯跟兄弟在香天樓吃晚飯，點了六道菜，其中五道來錯了，他們便找來侍應查明原因。豈料侍應囂張地說了句：「咁你想點吖？」江湖大哥又怎抵得住挑釁？侍應的輕狂換來一頓紮實的拳頭。結果酒樓經理出面調停，還擺了一桌「和頭酒」宴請飛伯和他的兄弟。

強哥——飛伯的兒子，繼承了飛伯昔日吃皇家飯的衣缽，由壁屋至赤柱，三餐一宿，都由香港政府一手包辦。有點不同的是，自由度不及其父，享樂的花款好像比較少：康樂棋、編籐籃、打籃球，有興趣的可以讀書考試，或者應該說紀律嚴謹比較合適。除了殺人，膽大包天的強哥幾乎無惡不作，連他父親最恨之入骨的毒品，強哥也毫不忌諱，視之為送禮自用的佳品，甚至將之發展成一盤收入可觀的生意。

強哥的代表作，足夠他出版自傳，無奈他識字不多。飛伯每每提起強哥，總有新鮮事。強哥在赤柱的日子，遠遠多於他活躍的地區。畢竟是個有計劃的人，強哥在獄中已經滿肚密圈，整天盤算復仇大計。誰陷害過他，他都記住，決心出獄之後還以顏色。強哥犯過的事，實在太多了，抱着「拚死無大害」的心，他又有什麼好怕呢？反正也不會有人願意聘用他，助他回歸正途。他出獄後，要不繼續混，要不再吃皇家飯。飛伯有時會說，兒子比年輕時的他還要壞，說不到三兩句，話題又扯回他少年時的風光。

第一次覺得飛伯已經失勢，是年多前的事吧。記憶總是虛無的，我只記得大概是飛伯跟人打架後被追趕還是追趕人，反正結果就是打人不成，自己還摔倒，連手錶也摔破了。

到底是我的記憶力衰退，變得不可靠，還是飛伯本來就把事情說得含混模糊呢？

那次之後，已經再沒覺得飛伯可能曾經豪邁威猛了，倒是愈來愈覺得，他無法脫離從前的日子，無法走出那個華麗，但已蒙上厚厚的，抹不掉的塵的錦盒，甚至愈陷愈深。

（二）

在道觀裏用冷得幾乎僵硬的雙手摺疊金銀的時候，飛伯摸了我的頭一下。他微微掀動嘴唇，好像在笑，而我卻彷彿讀到他面部肌肉的不自然。

飛伯是有父愛的，他無意把一個家弄得支離破碎。我相信很多父親都是口硬心軟的，尤其，那是個大男人父親。

前些日子，飛伯的女兒酒後輕生，女兒離開前幾天，飛伯曾打罵她，不過之後還是好好的，跟平日沒兩樣。飛嫂道：「女兒常說『我死畀你睇』，聽倒聽得多，只是沒想過事情會來得如此突然。」飛伯在醫院時跟女兒說了句對不起，那恐怕是飛伯此生說過的唯一的一句對不起。

沒等多少天，飛伯把女兒的遺物丟的丟、賣的賣，所餘無幾。聽說，到了此刻，飛伯仍錙銖必較。「打齋要錢、骨灰龕要錢、立碑又要錢……」別人都說，飛伯看起來並不很傷心，雖然事情剛發生時他有哭過。「可能他把真感情都藏起來，要多多留意他，免他日後患上抑鬱症。」「肯定唔會！」我的憂慮迅即被狠狠擊碎。

聽說回來的，還有那天到殮房認屍後，眾人上茶樓，飛伯喝了點酒，又再眉飛色舞地想當年，說得天花亂墜、龍飛鳳舞。

（三）

幾年後的大年初一，到飛伯家拜年，飛嫂因為休假，逼不得已在家跟飛伯對望。「我寧願上班，不用在家給他罵。」飛嫂說。「有天夜半，看見他坐在小茶几前，點起蠟燭喝啤酒，發神經！」

飛伯都想着些什麼呢?年少輕狂的日子?永遠無法再回來跟他碰杯的女兒?還是靠皇家飯度日的兒子?

教了飛嫂用電腦看女兒的相片,我們便離去了,忘了何時曾說過年要一起吃飯,如今,大家都沒有提起這約定。飛伯、飛嫂和我們下樓,送了一小段路便折回。

一前一後,二人拖着緩慢的步伐往隔鄰的屋邨走去。剛才飛伯說:「隔籬邨飯盒平兩蚊呀。」看着逐漸瘦小的背影,我忽然想起上次我們一家和飛伯上茶樓後,臨別時飛伯突然伏在我的肩頭,嗚嗚地哭。

四季圖

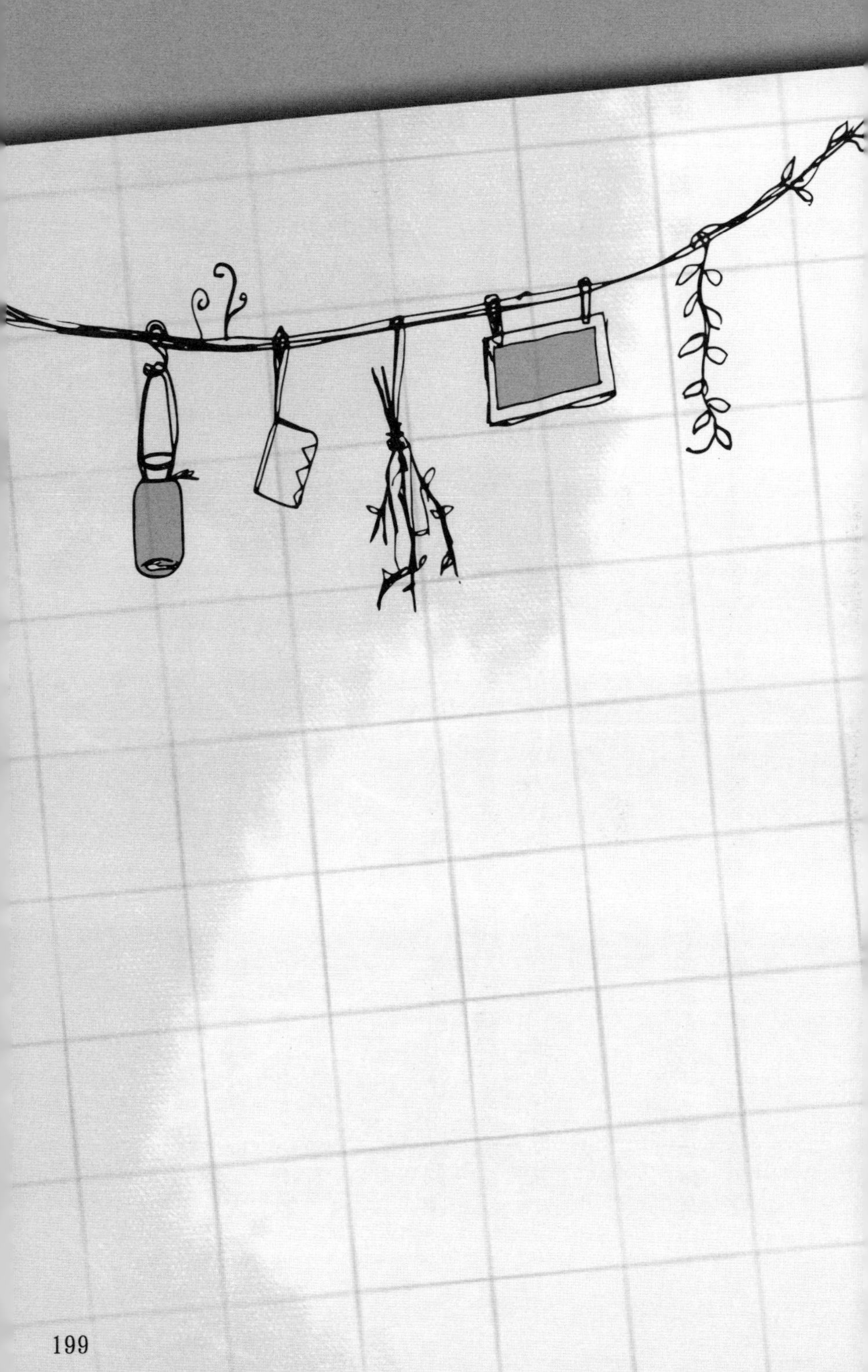

（一）秋

沿着陌生的街道尋找活動物資，每間店鋪彷彿都是同一個模樣，一式一樣的陳設，售賣的東西也大同小異。日光太猛，花花綠綠的布匹像打翻了的水彩碟在面前瀉滿一地，大大小小的彩色塑膠珠如摔破了成千上萬個萬花筒那樣堆於眼底。從中午走到下午，韓小姐開始感到暈眩。

天邊漸漸黯淡下來，一幅蒙塵的夜色浮起。緊握沒電的手機，焦急的步伐與更多路牌擦身而過，無法脫離每個無限延伸的轉角處。街燈燃亮了斑駁的路，店鋪趕在天空變成深藍色前拉下鐵閘。從路人口中借來的路線紛亂，讓人迷惘。停在十字路口進退失據，韓小姐為着與更多記認失散而不知所措。

忽然竟碰上陳的指引，當陳按停韓小姐的腳步時，韓小姐差點沒把他認出。迷失的焦慮和不安與突如其來的生機帶來強烈的雀躍，貼近陳的腳步，韓小姐慌忙掏出紙筆繪畫路線圖，確保日後再來這裏時，能夠感到微小的安穩。

此後，偶爾會收到陳傳來的短訊，疲倦的時候，沮喪的時候，韓小姐便咀嚼一些攤涼了的新訊息。

那段日子，疲累得叫人透不過氣。看着工作堆在面前表演疊羅漢，在電話筒中傳遞的話語都壓縮成夢囈，丟失的零碎的生活片段編織成厚厚的、軟綿綿的睡枕，幾乎每次說不上十分鐘，韓小姐便握住話筒迷迷糊糊地入夢。清晨醒來，總發現停不了的重感冒。

疊好冰涼的被單時，忍不住感到歉疚。是因為生活教人疲憊、脆弱才格外輕易被觸動嗎？韓小姐發現自己無法準確描摹那種慢慢滋養的似有還無的情感。

只是歉意隨片片撕下的日子愈積愈厚，就像韓小姐的感冒，愈來愈重，陪伴她走向初冬。

（二）冬

日子變得輕快，二人相處的時間用未被察覺的速度自然地生長，兩個影子肩膀間的差距逐點填滿、密封。

進入彼此的生活，大家都不知道終點在哪裏，只是眼裏有光在流動，日子也就那樣輕巧地流過。

沒有人知道，距離從何時開始住進他們當中，隔在二人中間的海，愈拉愈闊。陳變得寡言，見面的時間愈來愈少，謊言不斷湧現，擴散，如惡毒的癌細胞。韓小姐感到軟弱，無能為力，兀自懷念那些無所不談的日子。

莫名其妙的裂紋教人憂慮，時間用它慣常的節奏流走，沒有人能掌握它的規律。陳忽然用比時間更急促更緊密的腳步往後退，溶化成一攤涼薄的水，然後蒸發，然後，再也看不見。

（三）春

所有人都說，春天是美好的開始。

韓小姐已經沒有辦法知道陳的一切了，而陳也不曉得，那些藏在細節中隱隱的痛楚。

重看一些話，那些話已經過期了吧？韓小姐跟自己說，躲起來吧，躲起來吧。

在韓小姐誤以為所有物事都往後退的時候，時間用指頭一下一下敲響她的背，輕輕的，彷彿能聽見它流轉的聲音。失足滑入它的漩渦，在裏面走動，輕飄飄，像失重。有時，韓小姐會聽見一聲柔和的聲音，叫她看看前面，那裏有個人，後面又有另一個人，一個又一個人，等着她。

隨着那聲音向前走，看不見盡頭。

（四）夏

偏偏夏天，就是個多雨的季節。

韓小姐不慎憶起曾經在那藍綠色的傘下避雨。那天，趁着雨後一片淡黃色的陽光，繞過深深淺淺的水窪，往找張。工作理所當然地叫人疲憊，甚至比從前更沉重。

好幾次，張問韓小姐，為什麼要讓自己那樣忙碌呢？韓小姐裝作聽不見，繼續興致勃勃地述說那些聽起來好像很有趣的工作經驗。

黃昏的顏色是迷糊的，雨水令四周變得朦朧灰暗，像掛起重疊的輕紗，無法推開的厚重。張撐開他又圓又大的傘，高跟鞋敲響梯級，濺起大大小小的水花，點點落在小腿上，張用一種讓人感到安穩的力度握住韓小姐的手腕。

雨傘一直傾向韓小姐，張彷彿穿着洗過後忘了脫水的衣服。

車子還沒到來，二人就在傘下聊天，話題如籐蔓般圍繞他們生長，車子來過，又走了。直到第三輛巴士來到，張才登車離去，他坐在靠窗邊的位置，韓小姐揮揮手，他笑着揚起手做了一個叫她離去的手勢，這手勢竟也有點像「過來吧過來吧」的意思。轉身背着長長的人龍走了幾步，然後回頭看看，他好像也在車上回頭看。

獨自走回去的路上，韓小姐想起跟另一個人分別的情景。

細細揉捏乾爽的裙襬，在張的傘下，衣服比起平日自己撐傘時還要乾。往手提袋裏掏鑰匙時，竟意外地摸到一包果汁糖，每顆都是小小的，各種味道寄居在透明的包裝袋裏，那種顏色，奇異地好看。

唸小學的時候，科學書上，或是社會書、健教書說：三、四月是春天，五至八月是夏天，九月、十月是秋天，由十一月開始至二月便是漫長的冬天了。冬天和夏天一樣長，那是韓小姐讀一年級時就學會的定理。

偏偏張說過，溫室效應，三月春天，由四月一直至十二月都是夏天，一月、二月便是冬天；秋天沒有了，冬天也縮短了。說得那樣平淡自然，丟失了的一片秋天和半個寒冬彷彿不過是我們剪掉的指甲，沒有人會記住的多餘。

脾氣

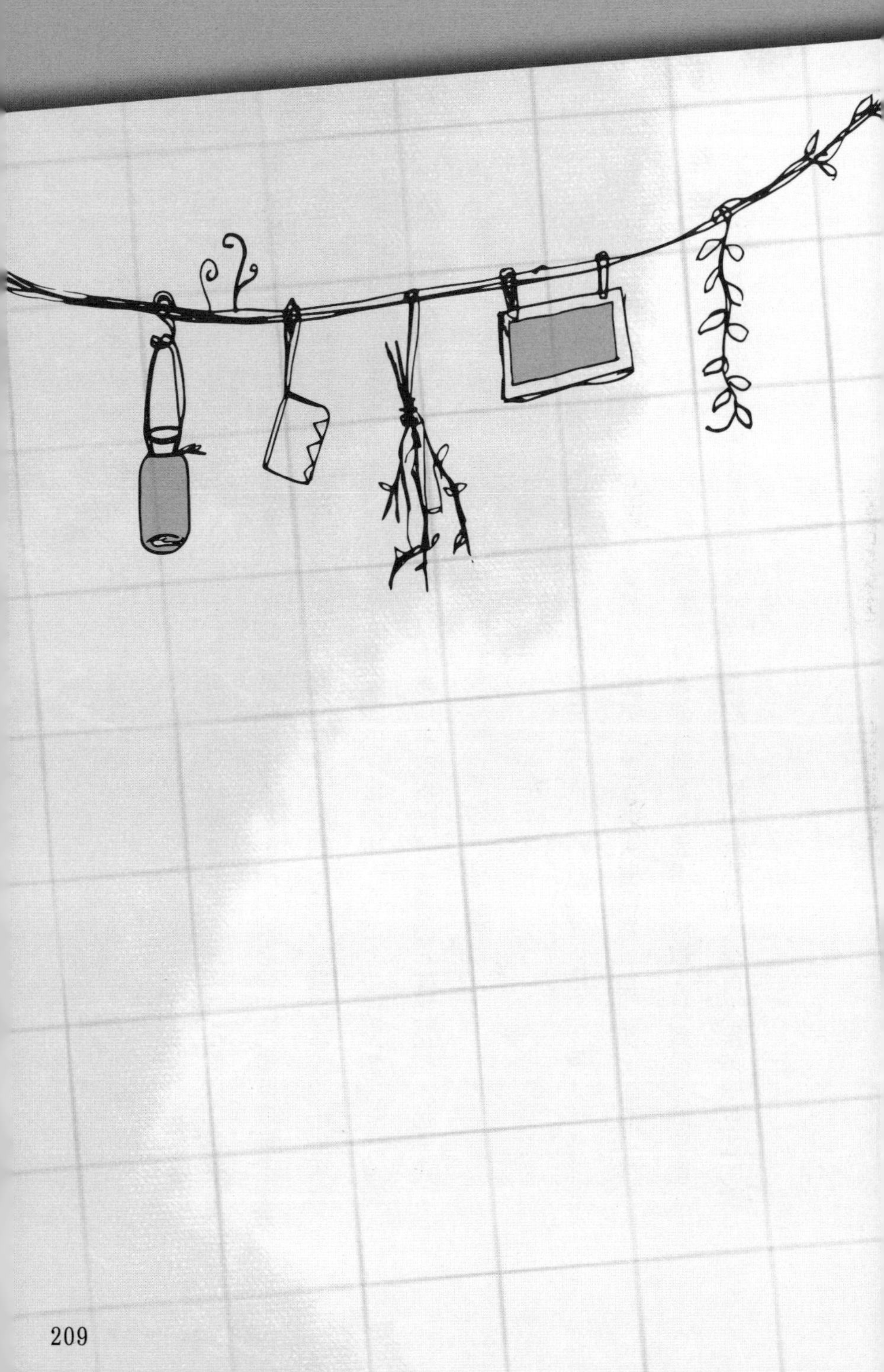

打從升讀預科開始，詩詩的兼職生涯也同步展開。

詩詩從小就察覺到幾乎人人都會遇上愛鬧情緒、發脾氣的人，差別只在於遇到這些情況的機率和頻率。小時候她就看過幼稚園同班同學添添在嚎啕大哭之際把玩具摔個稀巴爛的情況，添添躺在地上哭鬧，口水、眼淚、鼻涕一把二把的，他的媽媽把添添小小的手臂拉扯得直直的，邊喝罵邊用力地打添添，但添添仍不肯罷休，在地上扭曲身體掙扎，震耳欲聾的哭喊聲和動魄驚心的場面讓她想起家裏那不幸折斷了手臂的洋娃娃花拉。那天起，詩詩覺得平日很有禮貌、很漂亮的添添媽媽很恐怖，而添添則很慘。

到了小學階段，詩詩仍然以為會隨意耍性子的人，只有同學、朋友、家人，或者老師，班上那個驕傲的女同學 Bobo 就最愛發脾氣，事事要人遷就她。有一次老師忍不住叫她「刁蠻公主」，結果她發了很大脾氣，說老師針對她，要老師道歉。其實很多同學都討厭 Bobo，不過小息的時候還是有很多人圍着她，可能因為她每天都有大量不同款式的零食。詩詩不稀罕那些零食，反正想吃的話她家有更多。詩詩覺得 Bobo 的確「乞人憎」，不過也不及 MayMay 噁心，因為 MayMay 愛搭着 Bobo 的肩膀說自己和 Bobo 是好姊妹，但背後常常說 Bobo 的壞話，所以詩詩又覺得嬌嬌女 Bobo 其實也有點可憐。那時詩詩還未知道，在中學、大學、工作間都會出現像 Bobo 的人，可悲的是還有更多更多 MayMay，任她再痛恨再咬牙切齒都沒意思。

長大後詩詩終於發現，孩童的世界真的很狹小，原來最會鬧情緒的其實是同事、上司、情人，甚或陌生人。當時裝店售貨員的日子，她見識過顧客（上司聽到的話必定即時更正：不是顧客，是米飯班主。）不可思議的潑辣；當接線生的時間，她隔着話筒仍可感受到令人髮指的無賴。不過詩詩不相信她已遇到最可怕的情緒炸彈，因為踏入職場幾年就足以教曉她一個道理：不論情況有多糟糕，都一定不及將來會出現的惡劣，最壞的事情往往未出現。當然可以說，同樣道理應用在好事上也相當匹配。

今天，小組上司在中層上司的辦公室退出來後，又窮兇極惡地責罵一羣下屬了，每字每句，詩詩在印務房裏聽得一清二楚。「待影印完畢，被罵的該輪到我了。」

詩詩覺得在這公司兼職最大的得着是練就了無比耐力，如今她就算被罵也不動真氣。剛入職時因為人生路不熟，被罵也不敢反駁，面皮薄，有幾回被罵後更躲到洗手間裏嚶嚶啜泣，因為感到被冤枉，受委屈。後來倒是洞察到反駁也是徒勞，連眼淚都流不出了。沒有誰做錯，自己也不必假裝反省。每天上班前，詩詩都提醒自己：還是要小心翼翼的好，如果是自己錯，做得不好，別人不降罪也要怪自己；保持不做錯，即使無端被罵也仍能立於心安理得的不敗之地。

離開印務房，小組上司果然連珠炮發轟向詩詩，詩詩只呆呆站在原地一動不動，手裏剛印好的文件仍散發微溫。反正我們平常也會聽到一些不大悅耳的歌，就當劣質唱片跳線吧！詩詩沒記住上司罵了些什麼，來來去去幾個套路，聽多了沒新意。要是有那麼一次上司罵人的話轉了新花樣，倒要奇怪呢！罵人的肯定不會記住自己罵過什麼，也絕不反省自己有多無理，被罵的記取怨恨只是「嘥腦汁」。每次被逼聽跳線唱片時，詩詩心裏想的只有這點：幸好不是和這樣的人「做人世」。

「再鬧都嘥氣！全部印一個copy！」詩詩接過幾本小學補充練習，又往印務房走去。

如果說上司利用公司財產和人力資源複印練習是公器私用兼觸犯版權法，那麼，詩詩就肯定是最大的「幫兇」了。一頁一頁地揭，青綠色的刺眼光線在影印機玻璃面來回滑行。上司的兒子真可悲，三不五時就有新的補充練習，從小學二年級到四年級的都有，如果兩隻小手要把全部習作都完成的話，恐怕未老先衰。

翻揭着書頁，詩詩想到晚上的聚會，上次跟男朋友約會，已是兩個星期前的事了。為了今天的約會，詩詩悉心打扮了一番，更穿上新買的連衣裙。想到這，她更不可能願意讓工作的事影響情緒，她又在心裏把預備要在晚上說的話練習了一遍。

男朋友來到戲院時，他提過想看的那套電影還有大約二十分鐘便散場了，詩詩立即把在手裏捏得像縐紙的兩張戲票塞進口袋，免得被男友看見又要罵她提早買票浪費。

果然，男友絮絮叨叨的講個不停，停不了地控訴，停不了地挑剔。

默默把海鮮意粉裏唯一的帶子放到男朋友的盤子裏，詩詩說得輕巧：「我明白你上班受了很多氣，不過，如果今天是你最後一次見我，你還會不會那麼高聲罵我呢？」

其實，詩詩早就打算過了今天便不再跟男朋友見面，她可以容忍工作間的躁狂，但她實在沒法忍受跟一個只管埋怨、恣意把情緒轉嫁到她身上、要她受委屈的人過日子。

明天開始，她決定要過更輕鬆、更自在的生活了。

流淚

某個深夜，上格牀隱隱傳來微弱的啜泣聲，美意禁不住想，妹妹和她一樣，也在偷偷流淚嗎？

要到深夜獨處時才躲起來悄然落淚，大概有沉重的壓抑吧！是工作上的不順遂？巨大的壓力負擔？友情的自然流逝？抑或更多洶湧糾結的思緒？

從前美意和妹妹都有放聲哭喊的「本錢」，童稚的天真讓他們不像成人有過多沉甸甸的包袱。似乎已經無法知道，到哪種年紀、哪個階段，自然發現內心最真切即時的感受，在某些場合或面對某些人時竟要盡量剋制，甚至啟動隱藏模式。

還是小孩子的時候，想笑就笑，想哭就哭；不滿意不高興也未必會吵吵鬧鬧，就是哭，哭得累了就睡覺。孩提時代，未懂得用適當貼切的言語去表達自己，連肚子餓、尿褲子或身體不舒服，也只能靠哭聲去尋求協助。是誤會或是實情呢？幼童總好像不大懂得分辨喜怒哀樂以外的情緒，例如感動或心痛。是不是因為對世界所知不多（其實即使長大成人，又何嘗知道世界很多了？）一切都格外澄明簡單？童年時有沒有試過因為感觸而落淚呢？幼年時到底是否曉得什麼是觸動心意思緒？但孩童也是人啊，怎可能沒有情感的牽繫？或者應該這樣說，幼童也曾經有過感動，只是當時懵懂，未必懂得判斷，也未學會足夠的言詞去描摹述說，原來那種感覺就叫做感動。回想生命裏初次感動，是幼稚園高班時餓極的冬日黃昏裏，吃到媽媽帶來的熱騰騰的馬拉糕的那份飽足嗎？還是……

「上班不快樂嗎？」

妹妹把頭埋在抱枕裏：「一點點吧，不想提了。」美意多想告訴她，自己的工作也不順遂，心裏正面對與她相似的無力感。「工作就是這樣了，如果是自己做得不好，聽了別人的提點便改變；若然自己沒做錯，無奈受了冤屈，那就算吧！最緊要對得起人對得起自己，問心無愧就好了。」這何嘗不是對自己的一番安慰勸解？

日漸長大，尤其當必須走進社會之後，發覺成長的其中一大殘酷竟是想笑的時候不一定可以笑，想哭的時候也不一定可以哭。未必會完全明白為何現實是這樣，但別無他選的只有一條路——接受。

美意初踏職場不久，就提點自己在人前得忍住別要流淚，既怕失儀，也不好意思要別人手足無措。因為她察覺到當有人流淚的時候，旁人不曉得要做些什麼才算合適，手忙腳亂，更可能被嫌棄。也會因害怕在人前顯露自己的軟弱，倔強地強自壓抑，咬緊牙關，堅決不落淚。若要細分起來，在人前感動落淚或喜極而泣亦無不可，而且這些淚水總是難忍，在一片歡天喜地的氛圍之下，別人要替你高興也來得輕鬆自在。至於與摯親友好生離死別的傷感無法掌握亦難以控制，澎湃的情感拍擊心頭巨石，翻起的巨浪波瀾洶湧，像海面上的白頭浪，誰還顧得了那麼多？

如今和妹妹各懷心事，各自抑鬱，恐怕是因在愛護自己的親人跟前，更不敢讓過度的傷感流瀉、傾倒、氾濫成災，免得敲醒他們的憂心、牽動他們的愁腸。

在成長的洪流裏，美意學會了不少，同時發現未學會、學不會的更多。曾經大情大性的坦率漸漸被磨蝕，在辦公室經歷失意，淚水要藏於心底，憂鬱要鎖於抽屜。歷經每個難熬的時刻、每個艱難的考驗，千方百計試圖用安慰別人的方法安撫、鼓勵、催眠自己。然後，許多本來澄明剔透的淚水一再被吞沒、活埋。其實，若流淚不過是單純的、個人化的情感宣洩，適當的時候讓淚水自然流下，就像人體排汗般，洗滌眼眶，排出抑壓的毒素，有何不可呢？歡喜有時，悲傷有時，隨心意耿耿於懷，每一個情感抒發和節制的時刻，也自有它的價值和意義。

生而為人，自有情感，這才不至於麻木不仁。忠於內心的感受、聆聽內在的聲音、面對自身的軟弱，也是勇敢、負責任的表現。想到此，美意痛恨自己何以竟隨俗成了掩飾真情的人。奈何，想到那些以眼淚作武器，或要脅、或施壓，務求使人坐立不安、難以自處，逼使人落入圈套，逼不得已作不合理的退讓的人，美意又說服自己還是萬萬不可吐露真情。

以眼淚作武器，先莫說對方承受到的額外的壓力和委曲，只消想想此舉既不能達到排淨心靈毒素、排解滿腹鬱悶、紓解糾結愁腸之效，倒要添加施壓於人時自己的心理負擔，要是這樣，對誰又有好處呢？要是成為這種人，美意會看不起自己，畢竟，損人而利己之事，不該做；損人兼而不利己的事，亦不應為，更重要的是，美意不願成為別人眼中鄙夷的那種人。

妹妹的啜泣聲早已停止，此刻寧靜恍若無人，美意終於翻翻刻意隱去的情緒。然而，許多事都不算什麼了，反正到最後，雲淡風輕，要留也留不住，記得不記得，也都無所謂了。

晨光乍現，美意再次勉勵自己，隱藏淚水的必要。

後記

「為什麼你還會寫作呢？」尤其被困在那些工作、課業厚厚堆積的日子裏的時候，這道問題就更常出現。

特別感謝我最愛的家人，他們是我最忠實的讀者。也許爸爸、媽媽，甚至妹妹們心裏都會想：「已經那麼勞累了，還是好好休息吧。」縱是如此，他們始終沒有阻止我堅持發展寫作這興趣。

感謝好朋友，當我在寫作上有任何喜悅的瞬間、疲乏的時刻，好友總如家人般勉勵我、支持我，提醒我勿忘選擇不停步的初衷。

感謝好老師、好夥伴，要在寫作路上遇到同行者並不特別容易，教學道路似乎也是。而幸運的是，一路上我總能遇見愛錫我的友伴，即使有時我固執得很，大家仍舊愛護這個

「欣妮女漢子」。

感謝《星島日報》的編輯先生，起初我是不敢寫小說的，就算曾修讀小說創作課，還是自覺力有未逮。編輯先生鼓勵我在專欄上寫小說，我是戰戰兢兢的，因為想抓住撰寫專欄的機會才勇敢硬着頭皮寫。從零開始到現在還在寫，實在是意想不到的驚喜。

感謝突破，縱然已非首次出版，但每次作品要結集，對書裏種種排列、配圖……還是有無限的期待，突破同工絕對功不可沒。

當想像到：如果今天我決定不再寫，他日回頭看時覺得不痛不癢，那麼其實絕對可以選擇放棄。只是當想到此，想到放棄原來只因敗在自己不夠堅持，仍會為自己的不堅持而搥胸頓足咬牙切齒……

我真切地明白到，為何捨不得放棄寫作了。